삼국지

디 비기닝

담덕사랑 장편소설

FUSION FANTASTIC STORY

삼국지 더 비기닝 4

담덕사랑 장편소설

초판 1쇄 찍은 날 § 2017년 6월 1일
초판 1쇄 펴낸 날 § 2017년 6월 8일

지은이 § 담덕사랑
펴낸이 § 서경석

편집책임 § 김경민

펴낸곳 § 도서출판 청어람
등록번호 § 제387-1999-000006호
등록일자 § 1999. 5. 31
어람번호 § 제1-2711호

주소 § 경기도 부천시 부일로 483번길 40 서경B/D 3F (우) 14640
전화 § 032-656-4452 팩스 § 032-656-4453
http://www.chungeoram.com
E-mail § chungeorambook@daum.net

ⓒ 담덕사랑, 2017

ISBN 979-11-04-91355-6 04810
ISBN 979-11-04-91263-4 (세트)

三國志

4

삼국지

더 비기닝

담덕사랑 장편소설

FUSION FANTASTIC STORY

책이람
도서출판

삼국지

디 비기닝

목차

제1장
백마장군 공손찬의 몰락 中

흠차관 진수현은 감격에 겨워하는 최거업의 손을 붙잡은 채로 환하게 웃었다. 최거업은 잠시 동안 그가 그런 감정에 휩싸여 있는 것을 지켜보았다.

수현은 다시금 요서군(遼西郡) 양락현(襄洛縣)을 점령한 것을 치하해 주었다. 그러면서 자신에게 은인이나 다름이 없는 최거업의 손을 붙잡은 채로 뒤돌아보았다.

"이보게, 자룡."

"예, 각하."

의형 수현의 부름에 답을 하는 조운의 얼굴에는 보기 좋은 미소가 걸려 있었다.

그런 표정은 조운뿐만이 아니라 양락현의 조당에 있는 다른 사람들에게서도 볼 수 있었다.

조당 안에는 태사자, 장합, 답돈, 관해 등 이름만 들어도 자연히 고개를 끄덕거릴 자들이 있었다. 그러나 기라성 같은 그들과 달리 묵묵히 수현을 돕는 많은 관리들도 있었다.

그들 모두는 흠차관 진수현의 인간적인 면모를 가장 잘 아는 자들이었다.

그러기에 그들은 지금 최거업이 느끼는 심정이 충분히 짐작이 되었고, 그런 이유로 모두의 얼굴은 화사한 봄꽃과도 같았다.

화기애애한 조당의 분위기 때문인지 수현의 말투 또한 상당히 고무되어 있었다.

"자룡, 나는 말이야. 전쟁에서 승패를 결정짓는 가장 중요한 것은 원활한 보급이라고 생각하네. 보급이 제대로 이뤄지지 않는 군대는 결코 승리할 수 없다고 본다네. 동생의 생각은 어떠한가?"

"두말할 필요도 없는 지당하신 말씀이십니다."

"역시 자네도 나와 같은 생각이군. 이참에 자네가 판서로 있는 병조 산하에 부처를 새로이 만들었으면 하네."

"어떤 부처를 염두에 두고 계시는지요?"

"앞으로 우리 군의 보급을 책임질 군수처를 신설할 것이며, 그 책임자를 처장으로 할 것이네. 그리고 각 부서의 처장은 판서가 임명하는 것으로 할 것이네."

조운은 그런 설명을 듣자 앞으로 6조의 산하기관이 상당히 늘어날 것으로 예상됐다.

그런 생각은 자리에 참석한 다른 판서들도 같았고, 자연스럽게 판서들은 자신이 담당한 부서의 산하기관을 구상했다.

수현은 자연스럽게 행정개혁이라는 화두를 꺼내더니 계속 말을 이어갔다.

"군수처의 초대 처장은 여기 있는 최거업을 임명하였으면 하네. 자네의 생각은 어떠한가?"

"최 공은 양락현을 점령한 큰 공이 있으니 적임자로 여겨집니다, 그리하시지요."

"고맙네."

조운의 결정이 나자 수현은 자신의 자리에 앉았다.

그러고는 서탁에 있던 죽간에 최거업을 군수처장으로 임명했다는 교서를 작성하기 시작했다.

수현의 그런 모습을 보면서 최거업은 엄청난 충격을 받았다.

그는 지금까지 이런 관리를 본 적도 들은 적도 없었다.

'흠차관이라면 천자를 대신한다는 막중한 신분이다. 그런데도 아랫사람에게 뜻을 묻고 결정을 하는구나……'

최거업이 지금까지 살아오면서 겪었던 관리들을 하나같이 부패한 자들이었다.

그 때문에 그는 상당히 부정적인 시각으로 관리들을 보아 왔었다. 그가 생각하는 관리는 백성들을 수탈하고 억압하는 존재였고, 언제나 백성들의 고혈만 짜내는 흡혈귀와 같다고 생각을 했었다.

그런데 지금 자신이 보고 있는 흠차관 진수현은 마치 다른 세상에서 온 것처럼 여겨질 정도로 너무나 파격적이었다.

수현은 임명장 작성을 끝내고 최거업에게 전해주면서 자신을 따르기로 결정한 것에 진심으로 고마워하였다.

죽간에 임시로 작성한 볼품없는 임명장이었지만, 최거업은 마치 천고의 보물이라도 되는 듯이 품에 소중히 갈무리했다.

*   *   *

며칠 후.

수현의 요동군은 공손찬의 근거지인 북평성(北平城) 인근으로 이동하자 더 이상 움직이지 않았다.

그는 시간을 보내면서 계에서 출발한 장인 공손도의 군대를 기다리고 있었다. 양락현을 점령하게 되자 양측의 왕래는 자유로웠고, 그 덕분에 손쉽게 서로의 사정을 알 수 있게 되었다.

그렇게 기다리는 중 마침내 계에서 출발한 4만의 병력이 북평의 서쪽 방면에 있는 옥전현(玉田縣)에 도착하였다.

옥전현에 도착한 공손도는 병사들에게 휴식을 가지도록 하였고, 사위 수현과 공격 시기를 조율하였다.

그리고 마침내 공손도는 옥전현에 도착한 지 3일째 되는 날 총공격을 감행했다.

공손도는 4만의 병력으로 북평성의 서남 방면을 집중 공격하였다.

흠차관 진수현의 요동군 10만은 공손도의 건너편인 동북 방면을 공격하는 중이었다.

덜컹!

슈우웅!

덜컹!

슈웅!

유엽이 개발한 수십 대의 발석차(투석기)가 질서 정연하게 진형을 유지하고 있었다. 그것들이 배치된 병력의 후미에서는 요란한 소리를 내며 커다란 바윗돌을 연신 북평성으로 날려 보냈다.

쿵!

쿠궁!

쿵… 쿵!

허공을 맹렬한 속도로 날아간 수십 개의 바윗돌은 북평의 성벽을 그대로 강타하였다. 그러자 성벽이 부서지면서 만들어진 파편들이 사방으로 비산하였다.

북평성(北平城)의 수비대장 엄강(嚴綱)!

그는 수비대장으로 임명되자 농성에 대비하기 위해 만반의 준비를 하였다.

성벽에 일정한 간격으로 망루를 설치하였고, 많은 양의 화살은 물론이고 돌과 통나무를 비롯하여, 가마솥에 끓는 물을 준비하기도 하였다. 또한 성벽 주위로 해자(垓子)를 깊게 팠고, 바닥에는 날카로운 목창을 박아두었다.

엄강은 농성 준비가 끝나자 만반의 준비를 마쳤다고 생각하였다.

하지만 유엽이 만든 발석차에서 날아온 돌덩이가 성벽을 때리자 놀라고 말았다.

쿵!

쿵… 쿵!

그는 멈출 기미가 없어 보이는 발석차 공격에 불안해졌다.

제아무리 견고한 성벽일지라도 저처럼 끝없이 두들기면 끝내 성벽은 무너질 것이라고 보았다.

그리고 엄강을 초조하게 만드는 또 다른 요인이 있었다.

북평의 성벽과 비슷한 높이의 거대한 공성탑이 조금씩 다가오는 것이 너무나 불안하였다.

거대한 공성탑의 망루에 적병들이 보이자, 엄강은 자신도 모르게 마른침을 꿀꺽 삼키며 긴장했다.

슈우웅!

슈웅!

또다시 발석차에서 날린 거대한 돌덩이가 허공을 날아오는 소리가 들려왔고, 엄강은 황급히 병사들을 향해 소리쳤다.

"투석이다!"

쿵!

쿠궁!

날아온 거대한 돌이 성벽의 난간을 때리며 산산이 부서졌다.

"컥!"

"장군! 장군!"

깨어진 돌덩이가 사방으로 비산하더니, 성곽의 누각에서 병사들을 독려하고 있던 북평성의 수비대장 엄강의 이마에 명중하였다.

엄강은 충격을 받고 쓰러졌고, 놀란 그의 부장들이 달려들었다.

상태를 살펴보니 날카로운 돌멩이가 이마에 박혀 있었고, 시뻘건 핏물이 거침없이 흘러내려 엄강의 얼굴을 붉게 물들였다.

엄강은 용맹하기로 기주 일대에 이름이 알려졌지만, 제대로 싸워보지도 못하고 정신을 잃고 말았다.

그의 부장들이 성벽 아래로 옮겨 치료를 받게 하였지만, 그런 모습을 지켜보는 북평의 병사들은 순식간에 불길한 생각에 빠져들고 말았다.

그때였다.

"성벽이 무너진다!"

누구의 외침인지는 모르지만, 발석차의 맹렬한 공격을 버티지 못하고 북평의 성벽 일부가 요란한 소리를 내며 와르르 무너져 버렸다.

뿌우우웅!

뿌우웅!

둥!

둥… 둥!

성벽이 무너지자 갑자기 수현의 요동군이 있는 곳에서 각적(角笛)이 길게 울음을 토해냈고, 북소리가 요란하게 울리기 시작하였다.

수현의 요동군은 총공격을 알리는 신호가 울리자 북평성을 향해 진격하기 시작했다.

보병과 궁수들이 진형을 유지하며 천천히 북평성으로 진격하였고, 그 뒤를 답돈이 이끄는 모용부의 기마대가 움직였다.

그리고 부대의 후미에서는 각종 공성 병기들이 움직이고 있었다.

수현은 북평성을 공략하기 위해 많은 양의 공성 병기들을 준비했다.

이때 동원된 공성 병기에는 분온차, 충차, 소차, 정란, 운제 등이 있었다.

분온차(轒轀車)는 병사들을 성벽 앞까지 이동시켜 주는 수레였다. 차량의 지붕은 삼각 형태였는데, 성 위에서의 낙하 공격에 버틸 수 있게 튼튼하게 제작되었다. 또한 지붕에는 가죽을 덧대어 불에 쉽게 타지 않도록 하였다.

충차(衝車)는 병사들을 보호하기 위해 사방이 쇠판으로 덮여 있었고, 수레에 매달려 있는 커다란 통나무는 성문을 부수는 용도였다.

소차(巢車)는 이동식 망루였는데, 곤돌라처럼 생긴 작은 집을 병사들이 밧줄로 잡아당기며 위로 끌어 올려 높은 곳에서 성안의 상황을 관측하는 용도로 사용되었다.

정란(貞欄)은 거대 공성탑으로 높이는 10m 이상이었다. 정란의 꼭대기 망루에는 10여 명의 병사들이 배치되었고, 화살을 쏘아대며 공격하였다.

운제(雲梯)는 성벽을 오르기 위한 사다리차였다. 사다리 끝에는 갈고리가 달려 있었고, 성벽에 고정이 되면 병사들이 빠르게 성벽을 오를 수 있는 구조였다.

*   *   *

그날 오후.

흠차관 진수현은 북평성 인근에 위치한 나지막한 높이의 구릉에서 전황을 살펴보고 있다.

1만에 달하는 흠차관의 근위대가 그를 호위하는 중이었다. 북평의 성벽 앞에 개미 떼처럼 모여 있는 요동의 병사들을 지켜보고 있는 그의 표정은 점점 굳어져 갔다.

이른 아침에 시작하였던 공성전은 몇 번의 치열한 공방 끝에 성을 함락시키지 못한 채로 어느새 해가 저물어가는 오후가 되는 상황이었다.

수현은 총공격이 있은 후부터 부대를 3개로 재편하였다. 그리고 북평성을 돌아가면서 공략하게 하였다. 마치 끝없이 밀려오는 파도처럼 요동의 병사들이 공격에 나섰지만, 공손찬의 근거지답게 성은 쉽게 함락되지 않았다.

그는 주위에 서서히 어둠이 내려앉자 오늘은 이쯤에서 공성을 중지해야겠다고 생각했다.

그때였다.

"우와아아!"

"우와아아!"

수현은 갑자기 요란한 함성이 들려오자 다급히 소리가 들려온 곳으로 고개를 돌려 살펴보았다. 마침내 북평의 성문이 충차 공격에 버티지 못하고 부서졌고, 그곳으로 요동의 병사들이 괴성을 지르며 돌진하는 것이 보였다.

"전령!"

"예!"

수현의 부름에 곁에 있던 전령이 우렁차게 답을 했다.

"답돈에게 즉시 무너진 성벽으로 진입하라고 전하라!"

"예!"

발석차 공격으로 성벽이 무너졌지만 저항이 거세여 진입을 하지 못한 답돈의 기마대에게 재차 진입을 명령했다.

전령은 빠르게 말을 몰아가더니, 성에서 거리를 두고 대기 중이던 답돈에게 수현의 명령을 전달했다.

그러자 답돈은 모용부족으로 구성된 기마대를 독려하여 무너진 성벽으로 재진입을 시도했다.

성문이 파괴되어 요동의 병사들이 대거 몰려드는 것을 막기 위해 병력이 분산되었고, 그 틈을 이용하여 마침내 답돈의 기마대는 성안으로 진입하는 데 성공했다.

"1대는 뚫린 성문으로 가서 아군을 지원한다! 2대는 나를 따르라!"

답돈은 사전에 지시를 받은 대로, 두 대를 이끌고 유주목 공손도의 군이 공략 중인 서문을 향해 거침없이 내달렸다.

서걱!

"컥!"

"앞을 막는 놈들은 모조리 죽여라!"

답돈은 거침없이 말을 몰아가며 눈에 보이는 적병을 가차 없이 죽여갔다.

차기 오환의 대족장으로 내정된 답돈의 무용은 눈이 부실 정도로 뛰어났다. 그를 막는 적병들은 너무나 쉽게 죽어갔고, 1각(15분)이 되지도 않아 서문에 도달하였다.

"성문을 점령하라!"

답돈의 지시가 떨어지자 모용부의 부족민들은 거침없이 서문으로 향했다.

이때 선비족은 단일 세력을 이루지 못하고 있었고, 크고 작은 부족으로 나눠진 선비족들 중에 6부족이 강성했다.

태사자의 장인 막호발과 그의 아들이 족장으로 있는 모용부족은 그 6부족 중의 하나일 정도로 전투력이 매우 뛰어났다.

모용부족은 어릴 때부터 말 위에서 먹고, 자는 생활을 한다. 덕분에 그들의 기마술은 타의 추종을 불허할 정도로 탁월했다.

전사로 성장한 그들은 다른 부족의 침략으로부터 가족을 지켜야만 하였다. 그러다 보니 지금 북평성의 서문 근처에서 전투를 벌이고 있는 모용부족들은 풍부한 실전 경험으로 단련된 정예병이나 다름이 없었다.

공손찬이 오랜 시간과 자금을 투자하여 양성한 북평의 병사들이었다. 하지만 원소와의 전투에서 단련된 그들일지라도 안과 밖에서 협공을 받게 되자 버텨낼 수가 없었다.

"공격하라!"

서문 근처에서 격렬하게 저항하는 공손찬의 병사들이었다. 답돈은 모용부족들을 독려하며 전투를 진두지휘하였다.

서걱!

"크악!"

쿵!

쿵!

곳곳에서 비명과 병장기 부딪치는 소리가 난무하였고, 성문 밖에서는 유주목 공손도의 병사들이 충차로 성문을 때리는 소리가 요란하게 울려 퍼졌다.

쾅!

뿌직!

"성문이 뚫렸다!"

답돈은 요란한 소리와 함께 서문의 성문이 충차 공격에 부서지자 더욱 병사들을 독려하며 전투에 돌입했다.

활짝 열린 성문으로 공손도의 병사들이 성난 파도처럼 밀고 들어와 적병들을 죽여 나갔다.

그러지 않아도 답돈의 부대만으로도 힘들었던 북평의 수비병들이었는데, 성문이 부서지고 공손도의 병사들까지 가세하자 순식간에 상황은 끝나갔다.

곳곳에서 산발적으로 저항하던 북평의 병사들이 모조리 죽자 마침내 승리의 함성이 터져 나왔다.

"우와아아!"

"이겼다!"

그것을 시발점으로 하여 북평성 전체에 승리의 함성이 울려 퍼졌다.

시간이 지나고, 흠차관 진수현은 북평성으로 입성했다.

북평의 관청으로 향하는 중에 병사들이 내지르는 함성을 듣게 되었지만, 그는 잔뜩 고무된 병사들을 뒤로하고 북평의 관청으로 들어섰다.

저벅!

저벅!

수현은 천천히 북평의 조당 중앙을 걸어가면서 무릎을 꿇고 있는 자들을 바라보았다.

그들은 공손찬의 수하들과 그의 식솔들이었고, 밧줄에 단단히 포박되어 있었다.

잠시 동안 날카로운 눈빛으로 그들을 훑어보던 수현이 죄인처럼 무릎을 꿇고 있는 그들 앞에 가서 소리쳤다.

"모두 고개를 들라!"

그의 외침에 조당에 있던 공손찬의 수하들이 고개를 들어 바라보았다.

"너희 중에 누가 문칙이더냐!"

조당 안이 쩌렁쩌렁하게 울릴 정도로 소리친 수현의 위세에 눌린 그들은 마치 약속이라도 한 듯이 일제히 왼쪽으로 고개를 돌렸다.

그러자 왼쪽 끝자락에 봉두난발을 하고 있는 한 사내가 갑자기 이마를 조당의 바닥에 찧어대며 소리쳤다.

"흠차관 각하! 살려주십시오!"

챙!

"한 발자국만 더 움직이면 그땐 네놈의 목을 쳐주마!"

양락현령 문칙이 수현에게 다가가려고 하자, 갑자기 들고 있던 검을 빼 드는 최거업이었다. 그는 양락현령 문칙의 목에 시퍼렇게 날이 선 검을 겨누더니 얼음장처럼 차갑게 노려보았다.

"살고 싶으냐?"

수현이 무표정하고 덤덤한 말투로 입을 열자, 양락현령 문칙이 개처럼 기어가서 그의 발아래 엎드리며 애원했다.

"사, 살고 싶습니다! 제발 살려주십시오!"

문칙이 간절하게 애원하였음에도 불구하고 수현의 눈빛은 서늘하기만 하였다.

"네놈이 죽이려 하였던 이는 유주에 계시는 황숙의 자제다! 네놈이 그것을 알고 있다면 간절히 빌어야 할 것이다. 그가 죽는다면 너 또한 죽을 것이다! 저놈을 하옥하라!"

"각하! 살려주십시오! 제발!"

수현에게 애절하게 비는 문칙을 병사들이 거칠게 끌고 나갔다.

잠시 기다리자 살려달라고 악다구니 치는 문칙의 음성이 들려오지 않았다.

그러자 수현은 조당 한구석에 옹기종기 모여 있는 공손찬의 식솔들이 있는 곳으로 걸어갔다.

차디찬 돌바닥에 무릎을 꿇고 앉아 있던 공손찬의 어린 아들 공손속이 그를 매섭게 노려보았다.

"네 나이가 몇이더냐?"

"원수 따위에게 알려줄 나이는 없다!"

이제 열네다섯 정도로 보이는 공손속이 그처럼 무례하게 말하였지만, 수현이 보기에는 치기 어린 행동처럼 보였다.

공손찬은 명문가에서 태어났다.

그러나 공손속에게는 조모가 되는 모친의 신분이 비천하여 가문에서는 인정을 받을 수가 없었다. 그 때문에 공손찬은 가문에서 내쳐졌고, 모진 삶을 살면서 힘들게 자수성가하였다.

반면에 그의 아들 공손속은 태어날 때부터 지금까지 살아오면서 힘든 시절이란 것이 없었다. 주변에서 언제나 그를 떠받들었고, 그러다 보니 공손속은 북평 일대에서 유명한 개망나니처럼 살았다.

하지만 포악한 성정의 공손속과는 달리, 그의 모친 유씨는 온화한 성품이었다. 그런 유씨의 성품을 보여주는 듯 이런 와중에서도 그녀는 차분한 말투로 아들을 질책했다.

"속아, 흠차관 각하께 무례하지 말거라."

"어머님!"

공손속은 모친의 그런 말이 도저히 납득이 되지 않아 눈에 힘을 주며 노려보았다.

"이놈!"

딱!

수현은 공손속이 너무나 버릇없이 굴자 참지 못하고, 들고 있던 사령봉으로 놈의 머리를 내려쳤다.

"아무리 어린놈이라지만 하는 꼴이 가관이구나!"

공손속은 수현의 위세에 눌려 차마 화를 내지는 못하고 고개를 숙여 버렸다. 그런데 그의 눈빛이 예사롭지 않는 것이 언제고 사고를 칠 것만 같은 눈빛이었다.

공손찬의 부인 유씨는 현숙하고 도리를 아는 여자답게 오늘의 사태가 왜 일어났는지를 잘 알고 있었다.

하지만 지아비인 공손찬이 아무리 포악하게 통치를 하였다할지라도 자신의 입으로 말할 수 없어 수현의 처분만을 기다렸다.

"이보시오, 유 부인. 여인은 출가외인이라지만, 그대도 엄연히 따지고 보면 유주에 계시는 황숙과는 남이 아닐 것이오."

"그 점은 저도 송구스럽게 생각합니다. 기회가 있다면 황숙께 사죄드리고 싶습니다."

"그대와 그대의 아들은 앞으로도 내당에서 지내면 될 것이오. 단! 내당을 벗어날 수는 없소. 따르시겠소?"

"흠차관 각하의 선처에 그저 감읍할 따름입니다."

"유 부인을 내당으로 모시고, 감시하라!"

그런 판결이 나자 자리에서 일어난 유 부인이 공손히 인사를 하더니 아들 공손속과 함께 조당을 나갔다.

수현은 다음으로 조당의 한쪽에 누워 있는 북평성의 수비 대장 엄강에게로 향했다.

부상을 당해 의식이 없는 엄강과 그의 부장들을 잠시 둘러보다 입을 열었다.

"너희 중에 누가 계옹이더냐!"

수현의 물음에 조당에서 무릎을 꿇은 채로 처분만 기다리고 있었던 관리들이 일제히 뒤돌아보았다.

"계옹은 일어서라!"

그러자 관리들 중에 한 사내가 비틀거리며 몸을 일으켰다.

수현은 이제 30대 후반 정도에 염소수염처럼 생긴 가느다란 수염이 자리한 계옹을 보며 물었다.

"네 이름이 계옹이 확실하더냐?"

"그렇습니다."

"그럼 한때 원소를 섬긴 것도 사실인 것이냐!"

"그, 그것은……."

계옹은 수현의 물음이 마치 비수가 되어 심장을 난도질하는 것처럼 느껴졌다.

이유야 어찌 되었던 한때는 원소를 섬겼었고, 수현의 말처럼 지금은 공손찬을 섬기고 있었던 것도 사실이었다.

"답을 못 하는 것을 보니 확실하구나."

"그것은 피치 못할 사정이 있어 그러했습니다."

"핫! 아무리 사정이 있다 하여도 섬기던 주인을 배반한다 말이냐! 저놈을 하옥하라! 차후에 원소에게 보내어 그의 처분에 따르겠다!"

수현의 말에 계옹은 자신이 죽을 일만 남았다고 생각하며 힘없이 고개를 떨구고 말았다.

병사들이 계옹을 끌고 조당을 나서자 남아 있던 관리들이 잔뜩 겁먹은 표정으로 변했다.

"너희들은 돌아가도 좋다. 단! 이후의 조사에서 죄의 경중에 따라 처벌할 것이니 그리 알라!"

수현이 나머지 관리들의 처분을 보류시킨다고 말하자, 십여 명의 관리들은 인사를 하고는 서둘러 조당을 빠져나갔다.

"저자는 치료를 해주어라."

흠차관 진수현이 부상을 당해 제대로 거동조차 하지 못하는 엄강을 가리키며 말했다. 워낙에 심한 부상을 입은 엄강인지라 다들 얼마 살지 못할 것이라고 생각했다.

그동안 말없이 흠차관의 처분을 지켜보던 장합이 수현에게 물었다.

"각하, 저들을 이대로 풀어주어도 되겠는지요?"

"저들의 죄가 크다면 성안의 주민들이 가만히 있지 않을 것이네. 굳이 우리가 더러운 피를 묻힐 필요가 없지 않겠나?"

"아! 그런 뜻이었군요."

수현의 예상은 그대로 들어맞았다.

풀려난 10여 명의 관리들도 공손찬 밑에서 제대로 일을 했을 리가 만무했다.

그러다 보니 그동안 착취만 당했던 성안의 주민들은 그들을 결코 용서하지 않았다.

하루하루 시간이 지나자 그동안 원한이 쌓여 있었던 주민들이 그런 관리들을 은밀히 죽여 버리는 일이 발생하였다.

수현이 그들의 죽음에 형식적으로 조사를 하자, 이후부터 주민들은 그들을 더욱 노골적으로 적대시하였다.

그렇게 북평성은 수현의 점령 아래 조금씩 정상적인 모습을 찾아가기 시작하였다.

그 무렵 감녕이 이끄는 1만의 요동 수군은 감녕의 지휘 아래 북해를 출발하여 유비가 통치하고 있는 평원군(平原郡)에 도착하게 되었다.

감녕은 유엽의 작전 계획대로 평원성 인근에 있는 고당현(高唐縣)의 포구를 점령하고는 더 이상의 진격을 하지 않았다.

그러자 유비는 당초 공손찬을 지원하기로 하였던 계획이 틀어지게 되었다.

그는 공손찬을 섬기는 선경(單經)과 함께 평원을 지키면서, 요동 수군들의 움직임에 촉각을 곤두세워야만 했다.

그렇게 감녕과 유엽은 원소와 하였던 약속을 지키게 되었다.

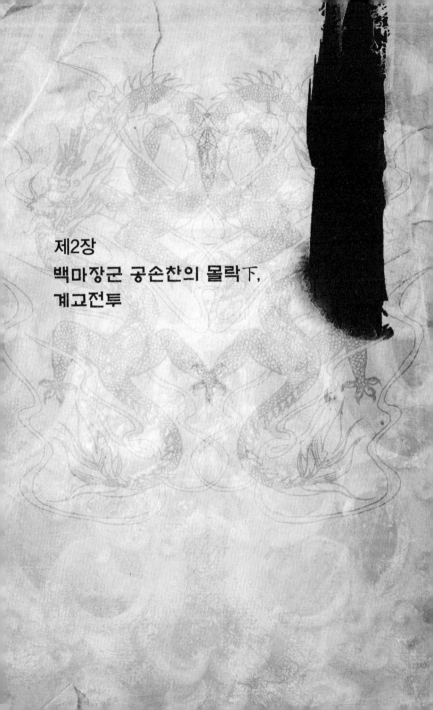

제2장
백마장군 공손찬의 몰락下,
계교전투

한편, 공손찬과 운명의 결전을 앞둔 원소는 2만 5천의 병력을 이끌고 계교(界橋) 방면으로 진격하여, 그곳 포구를 수비하는 2천의 병력과 합세했다. 다행히도 공손찬보다 빨리 계교에 도착하여 안도한 원소였다.

원소가 계교에 도착하고 2일이 지난 후에 정찰에 나섰던 병사들은 공손찬의 군을 발견하게 되었다.

원소는 공손찬이 계교 근처에 있는 광종(廣宗)에 도착하였다는 보고를 접하게 되자 군사 전풍에게 물었다.

"이보게, 원호. 공손찬이 광종에 도착하였다면 이곳과는 고작 반나절 거리가 아닌가?"

"그렇습니다. 그러니 저희들이 먼저 전장으로 가서 준비를 하고 적을 맞이해야만 유리할 것입니다."

"나도 자네와 같은 생각이네, 그럼 어디가 좋겠는가?"

"여기서 남쪽으로 십여 리를 가면 드넓은 백사장이 나타납니다. 그곳이 적임입니다."

"모래사장이라… 공손찬의 기병을 상대하기 위함인가?"

"그렇습니다, 공손찬이 자랑하는 기병이지만 백사장이라면 평지보다 위력이 반감되겠지요."

"알겠네, 그리하지. 이보게, 국의."

원소는 이번 공손찬과의 대전에 선봉장으로 삼았던 무장 국의를 부르며 바라보았다.

원래 국의는 오랫동안 양주(涼州) 일대의 국경 지대에 주둔하여 강족(羌族)의 전술에 능통한 자였다. 처음에는 기주목 한복을 섬겼고, 훗날 원소가 기주를 차지하자 그를 따랐던 전형적인 무장이었다.

"예, 주공."

"자네를 이번에 선봉장으로 삼은 것은, 자네가 오랜 세월 동안 강족과 대치하면서 터득한 대기병 전술에 탁월하기 때문이었네."

"이번에 제 능력을 확실하게 보여 드리겠습니다!"

"자네에게 일천의 병력을 내어주겠네. 선봉이 되어 공손찬의 기마대를 상대할 수 있겠는가?"

"공손찬의 기마대가 대단하다지만 강족들에 비한다면 어린아이 수준에 지나지 않습니다, 맡겨만 주신다면 공손찬의 목을 베어버리겠습니다!"

"좋아! 자네가 그처럼 말해주니 든든하네!"

원소는 국의가 믿음직스럽게 장담하자 병력 이동을 지시했다.

그러자 원소의 2만 5천 본진이 빠르게 격전지로 이동하였다.

또한 계교 인근의 포구를 수비하던 2천의 병력 중에 1천을 국의에게 주어 선봉장으로 삼았다.

*   *   *

한편, 원소 군의 이동은 곧바로 정찰병들에게 발각되어 공손찬에게 전해지게 되었다.

공손찬은 광종에 도착하여 계교 공략을 계획 중이었다. 그러던 중에 원소의 군이 움직인다는 보고를 접하자 심각하게 표정이 변해갔다.

그런 공손찬 때문에 막사 안의 분위기는 자연스럽게 무거워졌다.

"모두 어떻게 원소 군을 상대하면 좋을지 의견을 개진해 보게."

공손찬의 그런 말에 막사 안에 있던 여러 장수들 중에서 그의 종제(從弟) 공손월이 입을 열었다.

"형님, 원소가 계교로 갔다는 뜻은 뻔하지 않습니까?"

"뻔하다?"

"그렇습니다. 우리가 계교로 가는 길목을 차단하겠다는 것이겠지요."

"계교로 가는 길이 외길이니 분명 그럴 것이다."

그런데 공손월이 마치 겁먹은 강아지처럼 표정이 굳어져 있었다. 누가 보더라도 지레 겁을 먹은 것이 역력해 보였다.

공손찬은 사촌동생 공손월의 표정이 굳어지는 것을 보고는 자신도 모르게 인상을 찌푸렸다.

'쯧쯧… 저리 겁이 많아서야 어찌 큰일을 할 수 있을까……'

공손월이 무슨 걱정을 하는지 짐작이 되는 그였지만, 자신이 원소에게 질 것이라고는 생각해 본 적이 없는 공손찬이었다. 지금까지 원소를 상대로 이겨왔고, 앞으로도 그리될 것이라고 철저하게 믿는 그였다.

"주공, 그렇다면 저희도 속히 이동하여 준비를 해야 합니다. 병법에 이르기를 전장에 적보다 먼저 도착하여 유리한 곳을 선점하라 하였습니다."

공손찬과 의형제를 맺고, 십수 년간을 섬겼던 악하당이란 자가 그처럼 말했다.

공손찬과 의형제를 맺은 이는 모두 셋이 있었다.

악하당이 첫째였고, 둘째는 유위대, 셋째는 이이제란 자였다. 그들 셋은 마치 친형제처럼 공손찬을 섬기고 있었다.

악하당의 그런 말에, 의형제 중에 셋째인 이이제가 다른 의견을 제시하였다.

"주공, 원소는 말만 앞서는 자입니다. 속히 원소를 처리하시고 유주로 가시지요!"

"유주라니?"

"주공, 이 공의 말이 옳습니다. 기세를 몰아 유주를 점령하셔야 합니다!"

이번에 공손찬에게 의견을 말하는 이는 어양태수(漁陽太守) 추단이었다.

추단과 이이제는 마치 원소 따위는 싸우지 않고도 이길 수 있는 것처럼 기고만장해 있었다.

어양태수 추단이 유주에 관심을 가지는 것에는 그만한 이유가 있었다.

수현이 나타나지 않고, 삼국의 역사가 제대로 흘러갔다면 이미 유주의 황숙 유우는 공손찬에게 죽임을 당했을 것이다.

그럼 추단은 역사대로 어양군의 태수가 되었을 것이다.

하지만 유우는 수현 덕분에 살아남았고, 그 때문에 추단은 유주 어양군의 태수직을 공손찬에게서 제수받았지만 부임조차 못 하고 있는 상황이었다.

그렇게 허울뿐인 태수가 되어버린 추단이었다. 그러기에 기주가 정리되면 자신의 임지로 내정된 유주의 어양군을 점령하고 싶은 욕망에 사로잡혀 있었다.

공손찬도 추단의 바람을 알고 있었기에 별다른 말이 없었다. 아니, 속내는 밝히지 않았지만 공손찬은 이미 유주 공략을 기정사실로 받아들이고 있는지도 몰랐다.

그날의 회의에서 공손찬은 3만의 병력을 움직여 원소와 결전을 치르기로 하였고, 다음 날 이른 아침에 광종을 출발했다.

다음 날.

원소의 선봉장 국의는 계교 인근 백사장에 공손찬보다 하루 먼저 도착했다.

원소는 이번 전투가 자신의 앞날을 결정한다는 것을 누구보다도 잘 알고 있었다.

그러기에 원소는 국의가 요청한 1천의 궁수를 지원해 주었다.

그러면서 그는 계교 인근에 있는 야산에 매복하여 공손찬을 기다리기로 하였다.

1천의 궁수를 지원받은 선봉장 국의는 드넓은 백사장에 병사들을 숨게 하였다.

국의가 지시한 대로 1천의 궁수들은 백사장의 모래를 파내여 구덩이를 만들어 숨었고, 나머지 병력들은 선봉장 국의와 함께 공손찬을 맞이하였다.

휘이잉!

휘잉!

한 줄기 강바람이 백사장에서 기다리고 있는 국의와 그의 병사들을 휩쓸고 지나갔다.

국의는 바람이 전해주는 희미한 소리를 듣고 공손찬의 기병들이 다가오고 있다는 것을 알게 되었다.

"적들이 온다! 준비하라!"

선봉장의 그런 외침에 질서 정연하게 도열하고 있었던 병사들이 잔뜩 긴장한 채로 전방을 응시했다.

그렇게 1각 정도를 기다렸을 때였다.

마침내 공손찬의 선발대가 백사장에 모습을 드러냈다.

국의는 많아야 1천 남짓한 공손찬의 선발대가 보이자 칼을 빼 들며 잔뜩 노려보았다.

선발대를 이끄는 이이제는 그런 국의가 마치 결사대처럼 보였기에 함부로 움직이지 않고, 본진에 있는 공손찬이 도착하기를 기다렸다.

자연스럽게 양측의 대치 국면이 만들어졌고, 시간이 흐르자 공손찬의 본진이 백사장에 도착했다.

공손찬은 고작 1천 정도의 병력으로 자신을 상대하려는 원소가 너무나 가소롭게만 여겨졌다.

그런 방심 때문에 공손찬은 진형을 꾸릴 생각조차 하지 못하고 소리쳤다.

"기병을 내보내라! 저놈들을 모두 죽여라!"

둥!

둥… 둥!

공손찬의 명령이 떨어지자 공격을 알리는 북소리가 울렸고, 요란한 말발굽 소리가 백사장을 가득 채웠다.

공손찬이 자랑하는 기마대는 마치 먹잇감을 노리는 맹수처럼 거침없이 국의를 향해 내달렸다.

그런 모습을 한 치의 흔들림 없이 지켜보는 국의였다.

"역시 생각대로 움직이는군."

국의는 공손찬이 자신의 계획대로 움직이자 입가에 회심의 미소를 띠다가, 적의 기마대가 근접하자 갑자기 소리쳤다.

"공격하라!"

국의가 공격 명령을 내리자 일정한 간격으로 징을 들고 있었던 병사들이 요란하게 소리를 내기 시작했다.

징!

징… 징!

징 소리가 백사장에 울리자, 모래 구덩이에 숨어 있었던 1천의 궁수들이 일제히 방패를 걷어 올리고 나타났다. 그러더니 그들은 달려오는 공손찬의 기병들을 향해 거침없이 노를 발사했다.

퍼벅!

퍼퍼벅!

"히이잉!"

"히잉!"

1천의 노병들이 쏘아 보낸 화살은 달려오던 공손찬의 기마병들을 정통으로 맞췄다.

선두에서 맹렬히 내달렸던 공손찬의 기병들이 와르르 무너졌고, 뒤따르던 말들도 덩달아 넘어지고 말았다. 순식간에 백사장은 공손찬의 기마대가 내지르는 비명과 말들의 처절한 울음소리가 한데 뒤엉키는 아수라장으로 변해 버렸다.

궁수들은 사전에 지시받은 대로 모두 세 번의 공격을 하였다.

그러자 대기하고 있던 선봉장 국의가 크게 소리쳤다.

"전군! 돌격하라!"

국의가 소리치며 앞서 달려가자 궁수들은 노를 버리고서
바닥에 두었던 무기를 들고 내달렸다.

도합 2천의 병사들이 선봉장의 뒤를 따라 내달리기 시작했
다.

챙!

챙!

"적을 섬멸하라!"

국의가 적병을 죽여가며 병사들을 독려했다.

그를 따르는 2천의 병사들은 거침없이 공손찬의 병사들을
죽여 나아갔다.

기습을 받아 대혼란에 빠져 버린 공손찬의 기마대가 기세
가 오른 국의와 그 병사들을 상대하기에는 역부족이었다.

하루 전에 도착한 국의는 백사장 곳곳에 수많은 모래 구덩
이를 만들어두었다.

그런 사실을 알 리가 없는 공손찬의 기마대는 어떻게든 자
리를 벗어나 전열을 재정비하려고 하였다. 그들은 전마를 움
직이려 했지만 갑자기 푹푹 꺼져 버리는 함정에 속수무책으
로 당하기만 하였다. 아무리 기병이 위력적이라 할지라도 지
금처럼 함정에 빠지거나, 우두커니 있기만 한다면 그저 값비
싼 과녁에 불과하였다.

국의는 병사들에게 3인 1조로 움직이면서 공손찬의 기병을

제압하라고 하였다.

그런 명령에 극을 든 병사가 기수를 잡아끌어 내렸고, 칼과 도끼를 들은 병사들이 달라붙어 가차 없이 적병을 죽여 버렸다.

말 위에 있던 공손찬은 갑자기 전장이 돌변하자 놀라며 소리쳤다.

"저, 저게 무슨!"

"주공! 피하셔야 합니다!"

공손찬은 자신의 곁에 있던 의제 악하당이 하는 말에 버럭 소리쳤다.

"피하라니!"

"주공, 기마대가 처참할 정도로 붕괴되었습니다. 이대로 시간이 지나면 본진마저도 위태롭게 됩니다."

"그래 봐야 저놈들은 고작 이천이다!"

"사기가 떨어진 우리 병사들에게 이천은 이십만이나 다름이 없을 겁니다! 그러니 우선은 피하시고 전열을 정비하여야만 합니다! 더구나 원소는 아직 보이지도 않습니다!"

"아! 원소!"

순간 공손찬은 원소가 보이지 않는다는 것에 등골이 서늘해졌다.

만약 이런 상태에서 원소가 나타난다면 필패라고 보는 공손찬이었다. 그는 악하당의 말이 옳다는 것을 알지만 쉽게 결정을 내리지 못했다.

그때 공손찬을 따랐던 종제 공손월이 겁먹은 표정으로 다급하게 말했다.

"형님, 군을 물리시지요! 지체하다가는 본진마저도 위태롭게 됩니다!"

"후퇴란 없다! 즉시 계교로 진격하라!"

"주공! 계교에 적의 본진이 있을 수도 있습니다!"

"알고 있다! 원소와 결착을 볼 것이다! 즉시 계교로 이동한다!"

공손찬은 자신의 의제인 이이제가 얼마 버티지 못할 것이라고 생각했다.

그를 구하기 위해 난전 속으로 뛰어들어 봐야 지형적으로 너무 불리하다고 여겨졌다. 사지로 뛰어들 바에, 차라리 원소와 결판을 보려는 공손찬이었다.

그런 결정을 하자 공손찬은 말을 몰아 계교 방면으로 내달리기 시작했다.

그러는 사이에 원소의 선봉장 국의는 공손찬이 떠나고 얼마 되지 않아 이이제의 목을 단칼에 쳐버렸다.

*　　　　*　　　　*

한편, 원소와 군사 전풍은 계교 인근에서 매복하고 있었다.

계교로 향하는 길목에 위치한 작은 다리 근처에 이름 없는 야산에서 매복하고 있는 것이었다.

원소는 기다림 끝에 공손찬이 병사들을 이끌고 빠르게 다가오는 것을 눈으로 확인했다.

"역시, 군사의 예측대로요. 공손찬이 여기로 올 것이라더니 사실이군."

"공소찬은 그동안 주공께 연승을 하였던지라 자만에 빠져 있습니다. 그러니 후퇴하지 않을 것입니다."

"공손찬! 이번에는 반드시 네놈의 목을 쳐주마!"

오늘을 위해 원소는 다리 건너에 기마대를 대기시켜 두었다.

그러면서 한편으로는 일단의 병력을 대동해 야산에 매복하여 공손찬을 기다리고 있었다.

군사 전풍의 예측대로 선봉장 국의에게 당했는지 공손찬이 자랑하였던 기마대는 보이지 않았다.

원소는 그동안 당한 것을 이번에 되갚아 주기로 단단히 결심을 하였고, 눈을 부라리며 공손찬이 계교로 향하는 다리를 지나치게 하였다.

원소는 공손찬의 병력 일부가 다리를 지나가자 갑자기 벌떡 일어나 칼을 높이 빼 들며 소리쳤다.

"공격하라!"

쉬익!

쉬익!

"기습이다!"

"적이다!"

야산에 매복하고 있었던 원소의 병사들은 일제히 화살을 쏘아대기 시작하였다.

갑작스러운 매복 공격에 공손찬의 병사들은 허수아비처럼 픽픽 쓰러져 갔다.

계교로 향하는 다리를 지나쳤던 공손찬은 갑자기 후방에서 요란한 비명이 들려오자 화들짝 놀라며 급히 말고삐를 잡아당겼다.

"돌아가서 아군을 구하라!"

공손찬은 그처럼 소리치며 병사들을 독려하였고, 다리에 진입했던 병사들은 야산으로 돌아가기 위해 정신없이 움직였다.

한편, 원소의 군사 전풍은 공손찬이 회군하는 것이 보이자 소리쳤다.

"주공, 공손찬이 회군합니다!"

"어서 신호를 보내시오!"

"예!"

원소의 지시가 떨어지자 잠시 후 세 발의 명적이 동시에 허공으로 치솟았다.

삐이익!

삐익!

요란스럽고 귀에 거슬리는 명적의 신호 음이 허공에 울렸다.

그 소리에 놀란 공손찬이 황급히 주변을 두리번거렸다.

시간이 지나고, 다리 건너편에서 대기 중이었던 원소의 기마대가 요란한 소리를 내며 달려오는 것이 보였다.

공손찬은 뿌연 흙먼지를 일으키며 맹렬히 다가오는 원소의 기마대를 보자 눈앞이 아찔해졌다.

제아무리 공손찬이 원소와의 전투에서 연전연승하여 기고만장하다지만, 상황을 판단하는 안목까지 없는 것은 아니었다.

공손찬은 황급히 자신의 주변을 둘러보았다.

챙!

챙!

그러자 곳곳에서 병장기 부딪치는 소리가 들려왔고, 병사들의 처절한 비명이 귓전을 때렸다.

독이 잔뜩 오른 원소의 병사들이 자신의 병사들을 속절없이 죽여가는 것을 보게 된 공손찬이었다.

"으아아악!"

그는 이런 현실을 도저히 참을 수가 없어 괴성을 내질렀다.

"형님! 피하셔야 합니다!"

"주공! 원소의 기마대가 다리를 건너고 있습니다!"

사촌동생 공손월과 의제 유위대가 곁으로 다가와서 소리치자 입술을 질끈 깨무는 공손찬이었다. 그는 계교와 연결되는 다리를 통과한 원소의 기마대가 다가오자 승산이 없다고 판단하여 소리쳤다.

"퇴각하라!"

공손찬은 그런 지시를 내리고는 황급히 말을 몰아 왔던 길을 내달렸고, 그의 곁을 호종하였던 몇몇의 장수들이 뒤따랐다.

하지만 공손찬의 병사들은 쉽게 퇴각을 할 수가 없는 상황이었다.

원소 군에게 기습을 받은 공손찬의 병사들은 치열한 교전을 벌이고 있는 상황이었다. 더구나 기습받은 아군을 구원하기 위해 회군하는 병사들이 한데 뒤엉키고 말았다.

마치 복잡하게 엉킨 실타래처럼 공손찬의 병사들은 우왕좌왕하였다.

그런데 공손찬의 퇴각 명령은 혼란스러운 전장에 있는 병사들을 더욱 혼란에 빠뜨리는 결과로 나타났다.

그렇게 공손찬이 병사들을 버리고 도망치고 있을 때였다.

원소의 선봉장 국의가 병사들을 이끌고 전장에 도착하였고, 닥치는 대로 공손찬의 병사들을 죽여 나갔다.

컥!

아악!

공손찬의 병사들이 내지르는 끔직한 비명이 처절하게 들려왔고, 전세가 일시에 무너지자 그들은 도망치기에 급급했다.

원소의 병사들은 그동안 당한 패배의 한을 모조리 풀어내고 있었다.

"주공! 대승입니다!"

야산에서 전황을 살피던 군사 전풍이 원소에게 소리치며 기뻐했다.

원소는 피를 갈구하는 병사들의 섬뜩한 광경(狂景)을 지켜보며 말없이 고개를 끄덕거렸다.

그는 전장에서 풍기는 피 냄새를 맡자 자신의 내면 깊숙한 곳에서 무언가 치솟는 것이 느껴졌다. 그런 욕망에 사로잡혀 더 이상은 참을 수가 없었던 원소가 버럭 소리쳤다.

"공손찬을 잡아라!"

원소가 갑자기 그런 명령을 내리더니 말에 올라 공손찬이 달아난 방향으로 내달렸다.

이번 계교전투에서 양측의 총사령은 원소와 공손찬이다.

당연히 전황이 불리하다면 총사령일지라도 적과 싸워야 했다. 하지만 지금은 원소에게 있어 절대로 불리한 상황이 아니었다. 오히려 이대로 조금만 시간이 지나면 원소는 대승을 거둘 수 있는 것이다.

그럼에도 불구하고 한순간의 감정에 사로잡혀 어이없는 돌출 행동을 해버린 원소였다. 군의 전반적인 상황을 통제해야 하는 총사령 원소는 자신의 책무를 잠시 망각하고 말았다.

군사 전풍은 원소가 갑자기 소리치며 말을 몰아 내달리자 화들짝 놀라고 말았다.

"주공! 주공!"

전풍이 소리 내어 불러보았지만, 원소와 그를 호위하는 50여 명의 병사들은 점점 멀어져 갈 뿐이었다. 그들은 도망치기에 급급한 공손찬이라는 먹잇감을 쫓는 맹수나 다름이 없었다.

"너희는 나를 따라와라!"

전풍은 자신을 호위하는 병사 50에게 그런 지시를 내리고는 황급히 원소를 뒤쫓았다.

*　　　*　　　*

마치 귀신에게 홀린 사람처럼 맹렬히 말을 몰아가던 원소였다.

그런 중에 갑자기 주변 풍경이 눈에 들어왔고, 그제야 자신이 아군과 너무 멀리 떨어졌다는 것을 깨닫게 되었다.

황급히 달리던 말을 멈추고, 뒤를 돌아보니 자신을 따라온 병력이라도 해봐야 겨우 50여 명 남짓했다.

"주공!"

거친 숨을 몰아쉬며 헐레벌떡 따라온 군사 전풍이 말고삐를 당기며 소리쳤다.

"주… 주공, 어서 본진이 있는 곳으로 돌아가셔야 합니다! 여기는 위험합니다!"

"공손찬 저놈이 도망가는 것을 보고만 있자는 것인가!"

원소는 전풍의 말에 따라야 한다는 것을 알면서도 자신의 체면 때문에 공손찬을 들먹거렸다.

"공손찬보다는 주공의 안전이 우선입니다!"

급하게 원소를 따라온다고 흙먼지를 잔뜩 뒤집어쓴 전풍의 몰골은 형편없었다.

그는 원소의 안전이 염려되어 속히 본진이 있는 곳으로 돌아가기를 원했다.

그런데 원소가 말에서 내리는 것이 아닌가.

"모두 잠시 쉬도록 하여라."

"주공!"

"괜찮네, 공손찬 그놈은 이미 도망치지 않았는가."

원소의 지시가 떨어지자 그를 따라왔던 병사들도 말에서 내려 지친 몸을 달래기 시작했다.

전풍은 불안하여 즉시 돌아갈 것을 재차 권했지만, 명문가의 자제라는 것에 자부심이 강한 원소는 그런 소리를 들을수록 오기가 발동하였다.

그는 마치 전풍에게 보란 듯이 근처에 보이는 민가로 들어가 버렸다.

전풍이 얼굴을 잔뜩 구기며 민가로 들어가자, 원소는 시원한 감나무 그늘에서 느긋하게 쉬고 있었다.

"주공, 지금이라도 돌아가셔야 합니다."

전풍이 다가와 또다시 그런 소리를 하자, 원소는 투구를 벗어 바닥에 내려두며 말했다.

"이보게, 원호."

"예, 주공."

"공손찬은 이미 끝났네. 그러니 자네도 잠시 쉬게."

전풍은 더 이상 말해봐야 소용이 없다 싶어 마지못해 감나무 그늘로 들어가서 자리를 잡고 앉았다.

그때 원소를 호종하던 병사 하나가 어디서 구했는지 표주박에 물을 떠 와 공손히 바쳤다.

"주공, 뒤뜰에 우물이 있습니다."

"오! 그러지 않아도 갈증이 나던 참이었다."

원소는 그 병사가 떠다 준 물을 벌컥벌컥 들이켰고, 마치 꿀물이라도 마신 것처럼 표정이 환하게 밝아졌다.

"너희들도 가서 마셔보거라."

"예, 주공!"

민가의 마당에 삼삼오오 모여 있던 병사들은 우물이 있는 곳으로 몰려가더니 갈증을 풀기에 여념이 없는 모습이었다.

그렇게 그들이 작은 민가에서 휴식을 취한 지 반각이 되지 않았을 때였다.

민가 밖에서 경계를 서던 병사 하나가 다급히 마당으로 달려들어 왔다.

"주공! 공손찬의 기마대가 나타났습니다!"

"뭐!"

그 보고에 놀란 원소가 자리에서 벌떡 일어나 밖으로 나가서 살폈다.

그러자 마을과 연결된 길을 따라 빠르게 다가오는 공손찬의 기마대가 보였다.

한눈에 저들이 패잔병의 일부란 것을 파악한 원소와 그의 군사 전풍이었다.

"주공, 속히 안으로 피하셔야 합니다!"

"그게 무슨 소린가!"

"저들은 분명 공소찬의 기마대입니다. 국의를 피해 공손찬과 합류하기 위해 움직이는 것 같습니다. 그러니 저들이 지나갈 때까지 담장 밑에 몸을 숨기셔야 합니다!"

전풍의 그런 말에 병사들은 당연하다고 생각했다. 자신들은 많아야 겨우 백 명이 조금 넘었다. 하지만 공손찬의 기마대는 대충 헤아려 보아도 족히 1천은 되어 보였다.

도저히 수적으로 상대가 되지 않는다고 생각하는 병사들이었다.

하지만 원소는 그렇게 생각하지 않는 듯했다.

텅!

원소가 갑자기 들고 있던 투구를 땅바닥에 내팽겨쳤다.

갑작스러운 원소의 행동에 전풍을 비롯한 병사들이 놀라서 바라보았다.

"사내로 태어나 적을 보면 설령 죽는 일이 있더라도 싸워야 하거늘, 어찌 장부가 담장 밑에 숨겠는가! 모두 나와 함께 싸우자!"

"예! 주공! 함께 싸우겠습니다!"

"주공!"

너무나도 무모한 원소를 전풍이 말려보았지만 고집불통인 그에게는 통하지 않았다.

병사들이 너 나 할 것 없이 함께 싸우겠다고 하자 원소는 칼을 빼 들고 앞으로 나아갔다.

원소와 백여 명의 병사들은 적당한 곳에 몸을 숨겨 공손찬의 기마대가 나타나기를 기다렸다.

두두두두!

두… 두!

시간이 지나갈수록 공손찬의 기마대가 다가오는 소리는 마치 천둥처럼 느껴졌다.

원소의 병사들은 잔뜩 긴장한 채로 그들을 기다렸다.

마침내 기마대가 근접하자 커다란 나무 밑에 숨어 있었던 원소가 벌떡 일어나 소리쳤다.

"공격하라!"

"우와아아!"

"우와아아!"

원소의 병사들이 일제히 모습을 드러내 괴성을 지르면서 기마대를 도발하였다.

그런데 공손찬의 기마대를 지휘하는 이가 누군지는 모르지만, 그는 소수의 적병이 기습을 해오자 무시하기로 결정한 듯했다.

"무시하고, 빠르게 통과하라!"

그 지휘관은 고작 백여 명의 병력이 원소의 호위대란 것을 전혀 생각지도 못했다. 그는 단순하게 그들을 원소의 정찰 부대로 판단하였다.

그의 머릿속에는 속히 공손찬과 합류해야 한다는 생각뿐이었다.

"저, 저것들이……."

"뭐야, 저놈들……."

원소의 병사들은 마치 자신들이 보이지도 않는 듯 빠르게 지나치는 적병들을 황당하다는 표정으로 바라만 보았다.

물론 그들 속에는 당연히 원소도 포함이 되었다.

초심은 어디로 가버리고, 행여나 저들이 되돌아올까 두려워진 원소는 서둘러 본진이 있는 계교로 이동하라는 지시를 내렸다.

*   *   *

며칠 후.

공손찬은 계교전투에서 대패하고 간신히 몸을 피하게 되었다.

그는 살아남은 병사들을 추스르고 평원으로 향했다.

며칠 전만 하더라도 무서울 것이 없었던 공손찬의 병사들은 초라한 패잔병의 몰골이었고, 휘하 무장들도 그들과 별반 다르지 않았다.

공손찬은 계교에서 멀지 않은 곳에 있는 평원으로 가서 군을 재정비할 계획이었다. 그는 평원에 도착한다면 충분히 다시 원소와 싸울 수 있을 것이라고 확신하였다.

하지만 공손찬은 미처 모르고 있었다.

흠차관 진수현과 유주목 공손도의 연합군 15만에 근거지인 북평이 점령당했다는 엄청난 사실을 말이다.

공손찬이 평원으로 향하는 그 무렵에도 북평에서 도망친 패잔병들은 남하하는 중이었다.

그들도 공손찬처럼 유비가 다스리는 평원으로 모여들고 있었다.

점점 시간이 흐르자 유비가 태수로 있는 평원과 연결된 관도에는 패잔병들로 넘쳐났다.

그런 사실은 평원 인근의 고당 포구를 점령하고 있었던 감녕과 유엽에게도 전해지게 되었다.

그리고 얼마 지나지 않아 두 사람은 공손찬도 평원에 도착하였다는 것을 알게 되었다.

간자들을 통해서 평원의 내부 사정을 알게 되자 두 사람은 포구를 관리하는 관청에서 향후의 일을 의논하였다.

"자사님, 평원에 공손찬이 왔다는 것은 북평을 각하께서 함락하였다는 것입니다."

"내 생각에도 그런 것 같네, 이제 어찌하였으면 좋겠는가?"

"더 이상 이곳에 머물 이유가 없습니다. 원소와의 약조는 이미 지켰으니 우리가 할 일은 끝났다고 봅니다."

"자양 그대도 그리 생각하는가? 그럼 이만 군을 북해로 물리도록 하지."

"알겠습니다. 최대한 빨리 이곳을 떠날 수 있게 준비하겠습니다."

"그런데 왜 각하께서 공손찬이 평원에 나타나면 회군을 하라는 지시를 하신 건지 납득이 되지 않네. 혹여 자네는 아는 것이 있는가?"

"으음……."

감녕의 물음에 잠시 고민을 하는 듯 말이 없는 유엽이었다.

유엽은 잠시 동안 돌아가는 정국을 떠올리다가 갑자기 입가에 의미심장한 미소를 만들며 말했다.

"각하의 뜻은 원소와 공손찬이 이대로 계속 싸우기를 원하시는 것 같습니다."

"그게 무슨 말인가? 기세를 몰아 공손찬을 정리해야지, 이런 호기가 언제 다시 올 줄 알고?"

"그런 생각도 옳기는 합니다. 하나, 공손찬이 정리되었다면 그다음에는 원소와 각하만 남게 되겠지요."

그러면서 갑자기 감녕에게로 상체를 숙이며 나지막하게 말하는 유엽이었다.

유엽은 듣는 이도 없는데, 감녕에게 상체를 최대한 숙이더니 낮은 소리로 말하기 시작했다.

"자사님도 각하의 숙원이 무엇인지는 아시고 계시지요?"

유엽의 그런 질문에 감녕은 올해(192년) 초에 있었던 일이 자연스럽게 떠올랐다.

수현은 새해를 기점으로 해서 대대적인 행정개혁을 단행했었다.

요동의 행정을 6조로 세분화하는 내각을 구성하고, 각 부서의 장관 내정자들을 따로 불러 술자리를 가졌었다.

수현은 그 자리에서 자신이 바라는 것은 요동을 기반으로 하는 북방의 독자 세력 구축이라고 공개해 버렸다. 어떻게 보면 상당히 위험한 발언일 수도 있었다.

하지만 혼란스러운 후한의 상황이라면 자신의 뜻이 통할 것이라고 생각한 끝에 그런 결정을 내리게 된 것이었다. 그리고 결과적으로 모두들 수현의 뜻에 따르기로 하였다.

흠차관 진수현이 먼저 그런 뜻을 밝히자, 그들의 관계는 더욱 굳건해지는 결과로 나타나게 되었다.

청주자사 감녕은 그런 생각을 정리하더니 입을 열었다.

"올해 초에 각하께서 대업의 포부를 밝혔을 때 자네도 그 자리에 있지 않았던가? 그날 나 또한 자네와 함께 자리에 있었다네. 그러니 당연히 알고 있지."

"각하께서는 요동을 거점으로 하여 북방에 독자적인 세력을 구축하시려고 합니다. 그러니 각하께 필요한 것은 시간이지요."

"시간이 필요하다?"

"그렇습니다, 요동에 확고한 기반을 구축하기 위해서는 시간이 필요하지요. 그런데 만약에 공손찬이 사라지고 원소가 기주를 접수한다면 어떻게 되겠습니까?"

"각하께서는 원소를 상대해야 하는군."

"바로 그것입니다. 그러니 각하의 입장에서는 원소와 공손찬이 지금처럼 싸워야만 시간을 벌 수 있겠지요."

"자네 말을 들으니 각하께서 왜 이런 지시를 내리신 것인지 납득이 되는군. 그럼 속히 북해로 돌아가세."

"예, 서둘러 준비하겠습니다."

그렇게 결정이 되자 감녕이 지휘하는 요동 수군 1만은 서둘러 북해로 돌아갈 준비에 들어갔다.

그 무렵 원소는 기세를 몰아 감녕, 유엽 두 사람의 도움을 받아서 평원에 있는 공손찬과 결착을 보려고 하였다. 하지만 원소의 사자가 평원의 포구에 도착하였을 때 이미 요동의 수군은 북해로 떠나고 없었다.

한편, 간신히 평원에 입성한 공손찬은 자신의 근거지인 북평성이 수현에게 함락당했다는 사실에 미친 사람처럼 광분하였다.

단 한 번의 전투로 기반을 송두리째 잃어버린 공손찬이었으니 당연한 반응이었다. 실의에 빠진 그는 몇 날 며칠 동안 두문불출하며 술만 마셔댈 뿐이었다.

평원태수 유비는 그런 공손찬을 불안한 마음으로 지켜보아야만 했다.

유비는 해가 저물어갈쯤에 자신의 거처로 들어서더니 자리에 앉았다.

그러자 유비를 따르는 의형제 관우와 장비도 자리를 잡고 앉았다.

셋이 자리에 앉자마자 힘쓰는 일이라면 누구에게도 지지 않는다고 자부하는 장비가 투덜댔다.

"큰형님, 이러다 여기도 원소에게 내어주는 것이 아닙니까!"

"동생, 말을 가려 하게."

"운장 형님, 제가 틀린 말을 했습니까!"

"자네의 말이 틀린 것이 아니라, 형님께 무례하니 그러는 것이 아닌가."

"나도 자네들처럼 백규 형님이 저러는 것이 불안하네. 원소가 이곳을 호시탐탐 노리고 있는데 어쩌자는 것인지……"

유비가 굳은 표정으로 그처럼 말하였다.

그러자 장비가 벌떡 일어나더니 문을 열어 밖을 살피고 돌아와 앉으면서 말했다.

"형님, 우리라도 살길을 도모해야 하지 않겠습니까? 솔직히 말해 여기서 무엇을 할 수 있겠습니까?"

장비가 그처럼 말하자 유비와 관우는 아무런 말없이 침묵을 지켰다. 두 사람도 이곳에 있어봐야 할 수 있는 일이 없다는 것을 알고 있었기에 무언의 침묵으로 장비의 말에 동조하였다.

하지만 아무리 고민을 해보아도 지금의 상황을 타개할 방안이 떠오르지 않았다.

공손찬이 실의에 빠져 있는 동안에도 무심한 시간은 흘러갔다.

공손찬에게 대패를 안기고 신흥 강자로 떠오른 원소는 빠르게 기주를 점령해 갔다.

원소는 그동안 시행되었던 공손찬의 가혹한 정책들을 혁파하고, 터무니없이 높았던 세율을 현실적으로 조정하는 정책을 시행하여 불안해하는 주민들을 안정시켰다.

원소의 유화정책은 유랑민들로 넘쳐났던 기주를 빠르게 안정시켰다.

훗날의 얘기지만 심기일전한 공손찬은 유주의 주도 계와 북평의 중간 지점에 위치한 역경으로 가서 대규모 토목공사를 진행한다. 그러면서 수현에게 붙잡힌 처자식을 데려오기 위해 막대한 예물을 배상금으로 지불하였다.

공손찬은 몇 년 후에 완공된 성을 역경성으로 이름 붙였다.

일설에 따르면 당시 역경성은 10중의 참호가 있었고, 참호 뒤에는 각기 5~6장(12~14m) 높이의 벽이 있었다고 전해진다. 그리고 성벽 위에 망루를 빈틈없이 설치했다고 한다.

공손찬과 그의 가족들은 성의 중앙에 위치한 망루인 역경 루에서 생활했다. 역경루는 성벽 높이가 10장(23m)이 넘었고, 그 위에 고층으로 누각을 세웠다고 한다.

워낙 방어력이 단단해 원소 군이 수년간 공략을 시도했으나 번번이 실패했을 정도였다.

그리고 유비는 다음 해 193년, 조조가 서주를 침공하자 당시 서주자사인 도겸의 요청을 받아 구원에 나섰다.

조조를 물리친 유비는 도겸의 부탁을 받아들여 서주를 차지하게 되었다.

이로써 오갈 곳 없었던 유비는 서주의 6군(郡) 62현(縣)을 통치하게 되었다.

제3장
공손도와 진수현의 갈등

후한(後漢) 초평(初平) 3년(192년), 음력 5월.

수현은 북평 공략이 끝나자 요동으로 돌아와 일상으로 복귀하였다.

후한 시대에 최대의 명절은 춘절, 단오절, 중추절, 동지가 있다.

수현이 통치하고 있는 요동에도 다가오는 단오절을 맞이하기 위해 분주한 움직임이 있었다.

하지만 기분이 들뜬 그들과 달리, 요동으로 돌아온 수현은 무슨 일 때문인지 다른 사람으로 돌변해 있었다. 그는 지금까지 아내 공손란이 지내고 있는 후원의 내당을 찾지도 않았고, 눈에 넣어도 아프지 않을 젖먹이 아들마저도 외면하는 냉혹한 모습을 보여주었다.

수현의 아내 공손란은 처음에는 전쟁의 잔혹성 때문에 남편이 저렇게 변했다고 생각했다.

그러던 어느 날, 수현이 가장 믿는 의제 조운과 그의 부인 내황공주가 방문하여 알려준 사실에 모든 상황을 알게 되었다.

공손란은 조운과 내황공주가 전해주는 말에 얼굴이 하얗게 변해 버릴 정도로 놀라워했다.

조운에게 있어 수현이 남이던가?

그러기에 공손란의 그런 표정을 바라보는 조운은 안쓰러울 따름이었다.

간신히 정신을 수습하여 조운에게 묻는 공손란이었다.

"숙부님, 그 때문에 상공께서 내당에는 오시지도 않은 것인지요? 그 때문에 그토록 애틋하게 대하였던 아들 서하마저도 외면한 것입니까?"

그녀가 의형 수현의 장남인 서하를 거론하자 조운은 더욱 답답하기만 하였다.

조운에게 있어 진서하는 조카나 다름이 없었다. 그런 점을 알기에 공손란이 언제나 조운을 숙부로 불렀을 정도로 막역

한 사이였다.

의형 수현의 가족에 관한 일이라 함부로 말을 못 하는 난처한 입장일 수밖에 없었던 조운은 그 때문에 굳게 입을 다물고 있을 뿐이었다.

그런 남편 조운의 고충을 어림짐작한 내황공주가 그를 대신하여 입을 열었다.

"공손 언니."

내황공주의 부름에 고개를 돌려 바라보는 공손란이었다.

"언니께서도 아시겠지만, 형부는 일가친척 하나 없는 분이세요. 그러니 그동안 언니의 가문을 자신의 가문처럼 여기고 살아왔을 겁니다. 이번에 유화 공의 일이 알려지자 전시 동원령까지 발동하신 형부세요."

"제가 왜 상공의 그런 마음을 모르겠습니까, 저도 상공께서 적극적으로 나서신 덕분에 일이 해결되었다고 봅니다."

"그런데 보상은 아무것도 없지요. 아마도 그 점이 너무나 서운하신 것 같습니다."

"저도 아버님께서 왜 그런 식으로 일 처리를 하신 건지 도무지 납득이 되지 않습니다."

"이건 제 생각입니다만……."

갑자기 조운이 그처럼 말하자 두 여인이 동시에 그를 바라보았다.

"숙부님, 말씀을 해주세요."

"아무래도 후계 문제 때문인 것 같습니다. 형수님 동생이 올해 성인이 되었지 않습니까?"

"서, 설마 강이 때문이란 말씀이세요?!"

"천천히 생각을 해보세요. 그럼 왜 이런 일들이 생겼는지 납득이 되실 겁니다."

조운의 말에 공손란은 고민에 잠겨 들어갔다.

수현과 그의 장인 공손도의 갈등을 파악하려면 그간의 일들을 살펴보아야 한다.

두 사람 간의 갈등의 시발점은 유화가 화살에 맞은 사건 때문이었다.

먼저 이번 전쟁의 발단이 되었던 유화의 시해 미수 사건의 결과를 살펴보면, 안타깝게도 황숙 유우의 아들인 그는 왼쪽 가슴에 화살을 맞은 중상을 입었다.

황숙 유우가 직접 아들에게 갔었지만, 그가 서무현에 도착했을 때 이미 유화는 숨을 거둔 후였다.

유우는 아들의 시신을 유주의 주도 계로 옮겨 그곳에서 장례를 치르게 했다. 죽은 아들 유화를 위해 성대한 장례를 치렀지만 황숙 유우는 하나밖에 없는 아들을 잃은 슬픔을 이기지 못하고 두문불출하였다.

시간이 흐르고 유화의 죽음은 서서히 잊혀져 갔지만, 그의 죽음이 남긴 파장은 결코 적지 않았다.

유주목 공손도는 장인의 자리를 물려받은 후에도 특별한 정책을 시도하지 않고 기존의 정책들을 유지하였다. 하지만 유화의 죽음으로 인해 공손도는 적극적으로 군비를 강화했다.

먼저 난민을 우대하였던 정책은 폐지되거나 축소되었다.

공손도는 식량 비축에 심혈을 기울였고, 막대한 자금을 들여 병사들을 양성하기에 이르렀다.

그는 군비 확장을 하면서도 한편으로는 점령지인 유주의 양락현에 현령을 파견하였다. 또한 장인의 심복이나 다름없는 염유를 북평태수에 임명하였다.

이렇게 공손도가 일방적으로 정책을 강행하자 당연히 흠차관 진수현을 따르는 관리들은 불만을 가질 수밖에 없었다.

누가 무어라 하여도 이번 전투에서 가장 큰 공을 세운 이는 수현이었다.

유화의 소식을 접하자 수현은 요동 일대에 처음으로 전시 동원령을 발동하였다.

이때 동원된 병력이 11만에 달했고, 군수품을 조달하기 위해서 천문학적인 금액을 소비하기에 이르렀다.

그리고 북평성 점령에 큰 공을 세운 이는 오환족의 답돈이었다.

답돈은 기마대를 이끌고 북평성으로 진입하여 서문을 점령했다. 그 덕분에 공손도의 군은 별다른 어려움 없이 서문을 통과하게 되었다.

그런데 공손도는 수현의 장인이란 점을 이용하여 답돈의 전공에 아무런 포상 없이 지나가 버렸다.

더구나 북평성을 관리해 오던 수현이 있었음에도 불구하고, 공손도는 일언반구 상의도 없이 염유를 북평군의 태수로 임명해 버렸다.

이번 전쟁에 무려 11만이라는 대군을 동원하였던 수현이었다.

그런데 장인 공손도의 일방적인 행동 때문에 전리품은 챙기지도 못하고, 요동으로 회군해야 하는 처지가 되어버렸다.

공손도 역시 자신의 이런 처분이 문제가 많다는 것을 알고 있었다. 하지만 그가 이처럼 무리하게 강행한 것은 장남 공손강 때문이었다.

공손도는 아들이 올해 성인이 되자 은연중에 수현이 부담스럽게 여겨졌다. 자신이 판단할 때 아들은 결코 수현의 상대가 될 수 없다고 보았다.

그 때문에 수현이 유주를 넘보지 못하도록 논공행상에서 철저하게 그를 배제시켜 버렸다.

그렇게 뜻하지 않게 장인 공손도와 갈등이 생겨 버린 수현이었다.

낯선 세상에 덩그렇게 홀로 남겨진 수현에게 있어 가족이란 특별한 존재였다.

그런 수현에게 장인 공손도는 생각지도 못한 일격을 가해왔다.

유주목 공손도는 마치 사전에 잘 짜여진 각본대로 움직이는 것처럼 거침없는 행보를 보여주었다.

이유야 어찌 되었던 수현이 받아들인 최거업이 양락현을 점령했다. 그렇다면 응당 그 공은 최거업을 거둬들인 수현에게 돌아가야만 했다.

하지만 공손도는 그런 점은 일고의 가치도 없다는 듯이 현령을 파견했다.

이런 일련의 일들이 시사하는 것은 결코 가볍지가 않았다.

공손도가 대놓고 말하지는 않았지만, 어느 누가 보아도 수현에게 '그만 요동으로 돌아가라'는 통보를 한 것이나 다름이 없었다.

수현이라고 해서 그런 숨겨진 의도를 모르지는 않았다.

그는 장인 공손도에게 불평 한마디 못 해보고 요동으로 회군할 것을 결정하게 되었다.

그나마 수현은 이때 요동군 11만 중에서 5만을 청주 지역에 주둔시키기로 결정했다. 그리고 요동 수군 1만을 북해에 상주시키기로 장인과 타협을 본 것이 그가 건진 성과였다.

수현은 굳게 믿었던 장인 공손도에게서 뼈가 시릴 정도로 뒤통수를 제대로 맞았다. 그로 인해 심한 배신감을 느낀 그는 무거운 마음으로 나머지 병력을 이끌고 요동으로 돌아가야만 했다.

*   *   *

한편, 그해(192년) 5월의 요동(遼東).

요동성 안에서 가장 유동 인구가 많은 곳인 요동의료학교(遼東醫療學校).

흠차관 진수현이 물심양면으로 지원해 준 덕분에 화타가 교장으로 있는 요동의료학교는 하루가 다르게 발전을 하였다.

처음 학교를 개교했을 때만 하더라도 드넓은 부지에 딸랑 전각 한 채만이 전부였다.

그러던 것이 해를 거듭할수록 발전하였다. 그래서 지금은 학생들의 교육을 담당하는 의학원과 환자들을 돌보는 의료원으로 구성이 되었다. 그리고 학생들이 머무는 생활관과 식당까지 구비되어 있는 곳으로 장족의 발전을 하게 되었다.

땅, 땅!

땡… 땡!

후한 시대 최고의 의학교로 성장한 요동의료학교에 일과를 마친다는 것을 알려주는 종소리가 요란스럽게 울려 퍼졌다.

화타는 3학년 수련생들에게 인체 도형에 그려져 있는 혈 자리를 수업하다 종소리를 듣게 되었다.

"오늘은 여기까지 한다. 모두들 내일이 무슨 날인지 아느냐?"

"예! 스승님!"

"그럼 내일 학교가 쉬는 날이란 것도 알겠구나. 모두 단오 잘 보내고 모레 보도록 하자."

그러자 고운 쪽빛으로 물들인 수련복 차림을 하고 있는 30여 명의 학생들 중 고은서가 자리에서 일어났다.

"입정!"

화타의 애제자이자 수제자인 고은서의 외침에 학생들이 각자의 자리에서 일어나 옷차림을 단정히 했다.

고은서는 잠시 동기들을 살피더니 화타를 바라보며 앙증맞은 작은 입을 열었다.

"경례!"

그러자 학생들이 일제히 화타에게 공손히 허리를 숙여 보였다.

"스승님, 감사합니다!"

"너희들도 수고하였다. 단오 잘 보내고."

"스승님께서도 단오 잘 보내시기 바랍니다."

화타가 전각을 빠져나가자 학생들이 갑자기 고은서에게로 우르르 몰려갔다.

"대사저, 내일 뭐 하실 겁니까?"

"대사저, 내일이 단오인데 생활관에만 계시지는 않을 것이지요?"

동기들이라지만 실상은 고은서가 고구려를 떠나올 때 함께 왔던 이들의 자제들로 구성된 3학년 수련생들이었다. 그러기에 다들 고은서를 자신들의 상전으로 여기고 있었다.

그들은 내일 단오절을 맞이해서 고은서를 자신의 집으로 초대하려고 하였다.

3학년 수련생들 중에서 유일한 여성인 고은서였기에 희소성도 있었지만, 무엇보다도 그녀가 동기들에게서 인기가 많은 이유는 아름다우면서도 거만하지 않은 성품을 지녔기 때문일 것이다.

올해로 16살이 된 고은서는 한창 미모가 만개한 꽃다운 나이였다.

서로 자신의 집에 와달라는 동기들의 부탁에도 불구하고, 고은서는 3학년을 나타내는 금실 세 줄이 수놓인 소맷자락을 분주히 움직이며 자신의 자리를 정리하기에 여념이 없었다.

"대사저! 내일 뭐 하시나니까요!"

"종구야, 그건 알아서 뭐 하게?"

"그, 그야……"

고은서와 비슷한 또래로 보이는 남성 수련생은 말을 못 하고 머뭇거리기만 했다.

그때였다.

수련생들이 있는 전각의 문이 열리더니 멋들어진 문사복 차림의 유엽이 나타났다.

"은서 낭자!"

유엽이 고은서를 반갑게 부르는 소리에 모든 학생들이 출입문이 있는 곳으로 시선을 돌렸다.

고은서를 둘러싸고 있던 학생들은 훤칠한 외모의 유엽을 경계심 어린 눈빛으로 바라보았다.

그런 학생들을 헤치고 나온 고은서의 입가에는 환한 미소가 걸려 있었다.

"유 공자께서 여기는 웬일이세요?"

"내일이 단오인데 약혼자를 혼자 둘 수가 없어서 이렇게 찾아왔습니다."

"약혼자가 뭐냐?"

"설마 혼인을 약속한 사이란 뜻이야?"

"에이! 아니겠지!"

모두들 유엽이 말하였던 약혼자라는 뜻을 두고 옥신각신했다.

후한 시대에는 딱히 약혼이라는 개념이 없었다.

대부분의 혼인은 양가의 부모가 정했고, 그 때문에 혼인식 당일에서야 상대방의 얼굴을 보는 경우가 많았다.

하지만 유엽과 고은서는 일반적인 혼인과는 달랐다. 수현과 화타의 중재로 두 사람은 정식으로 혼담이 오갔다.

수현이 유엽을 자신의 사람으로 확실하게 붙잡아두고 싶은 욕심에 약혼식을 생각하게 되었고, 결국 내년 봄에 두 사람은 정식으로 혼인하기로 결정이 되어 있었다.

올해 스물하나인 유엽은 후한의 방계 왕족이고, 고은서는 고구려 왕자의 딸이라는 신분이라 누가 보아도 잘 어울리는 한 쌍이었다.

북해에서 조촐하게 약혼식을 치르고 나자, 유엽은 신분을 떠나 헌신적으로 병자들을 돌보는 고은서에게 점점 빠져들어 갔다.

고은서는 만리타국에서 만난 인연이란 생각에 유엽에게 언제나 애틋하게 대하였다. 그녀는 유엽이 요동 수군을 이끌고 평원에서 지낼 때는 하루도 빼먹지 않고 그의 무사 귀환을 간절히 기원하기도 하였다.

그러다 보니 이제 두 사람은 하루라도 만나지 않으면 아무

일도 할 수 없을 지경에 이르게 되었다.

요동의 번화가에 위치한 객잔.

고은서는 모든 동문들에게 약혼이라는 충격적인 소식을 알려 버린 것에는 관심도 없었다.

그녀는 객잔의 2층 누각에서 유엽과 함께 차를 마시는 시간이 즐겁기만 하였다.

그런 그녀를 바라보고 있는 유엽의 입가에는 웃음꽃이 사라지지 않았다.

고은서는 조심스럽게 찻잔을 내려놓으면서 입을 열었다.

"왜 그렇게 보세요? 제 얼굴에 뭐라도 묻었나요?"

그러자 고은서의 물음에는 답을 하지 않고, 유엽이 품에서 무언가를 꺼냈다.

품에서 나온 것은 비단에 싸여 있는 작은 상자였다. 그는 고은서의 서탁에 조심스럽게 올려두었다.

"유 공자님, 이게 뭔가요?"

"서역에서 건너온 물건이라고 합니다. 자경(노숙의 자)이 그동안 조모님을 보살펴 주어 고맙다고 하면서 인편으로 보내 온 것입니다."

"이런 것을 받고자 한 것은 아닌데."

"부담 갖지 말고 받아도 됩니다. 자경의 가문은 살림살이가 넉넉하니 받아도 됩니다."

고은서는 서역에서 넘어온 물건이라는 말에 호기심 어린 눈빛으로 보자기를 풀어냈다. 그러자 붉게 옻칠한 작은 상자가 나타났다.

"유 공자님, 상자는 서역에서 넘어온 것이 아닌가 보네요."

"중요한 것은 내용물이지요. 어서 열어보세요."

고은서는 작은 손으로 조심스럽게 상자의 뚜껑을 열더니 눈망울이 커져갔다.

"우와!"

그녀는 붉고 푸른 보석으로 장식된 금장 머리꽂이를 보면서 감탄했다.

유엽이 그녀의 머리에 그것을 살짝 꽂아주며 환하게 웃어 보였다.

"어때요?"

금장 머리꽂이를 매만지면서 묻는 그녀였다.

"은서 낭자에게 어울리는 것 같습니다. 서시가 환생해도 상대가 되지 않을 것 같습니다."

"에이, 제가 어떻게 서시보다 뛰어나요."

고은서는 고구려 왕자의 딸이라는 신분 덕분에 유엽이 거론한 서시가 누군지 잘 알고 있었다.

서시는 춘추전국시대의 여인이었고, 오왕 부차에게 공녀로 보내졌다.

서시는 빼어난 미모로 오왕 부차의 마음을 사로잡았고, 결국 그녀 때문에 오나라는 멸망하고 말았다.

그렇게 서시가 월왕 구천의 복수를 도왔던 여인으로 알고 있는 고은서였다. 서시의 미모가 얼마나 대단한지 물고기가 헤엄을 치지는 것을 잊고 가라앉았다는 고사 침어(沈魚)의 주인공이라는 것도 알고 있었다.

그런 대단한 미인을 자신과 비교하자 민망함에 얼굴이 붉게 달아올랐지만 내심 싫지만은 않았다.

"빈말이 아닙니다! 제가 볼 때 은서 낭자는 서시보다도 아름답습니다."

"그런 얘기는 그만하세요. 감사해요. 소중히 간직할게요."

"그보다 내일이 단오인데 하고 싶은 것이 있습니까?"

그제야 고은서는 내일이 단오라는 것을 새삼 떠올리며 반문했다.

"제가 이곳에 온 후로 단오를 제대로 보낸 적이 없는데, 주로 뭘 먹나요?"

"단오날에는 쫑쯔를 먹습니다. 내일 용선 경기 보러 가시겠습니까?"

"용선 경기요?"

"여기서 멀지 않은 해안가에서 용선 경기가 열린다는데 함께 가시겠습니까?"

"예! 가보고 싶어요!"

고은서가 환하게 웃으며 그처럼 대답하자 덩달아 유엽도 환하게 웃어 보였다.

단오날, 이른 아침.

한껏 멋을 낸 고은서는 스승 화타에게 문안 인사를 드렸다.

화타는 제자 고은서와 함께 인사차 흠차관 진수현을 찾아갔지만 그를 만나지 못하였다.

후원의 내당에서 공손란과 간단히 인사를 나누고 물러나오는 화타의 표정은 무겁기만 했다.

그도 수현이 왜 내당에 나타나지 않는지 짐작이 되었기에 결코 마음이 편하지 못했다.

화타가 내황공주의 별채로 향하는 중에 제자 고은서가 물었다.

"스승님, 내당의 분위기가 이상했습니다. 혹시 제가 알고 있는 그 일 때문인가요?"

"아니라고는 말을 못 하겠구나……."

화타는 수현이 다른 사람처럼 변한 것이 모두 유주목인 공손도 때문이란 것을 알고 있었다. 자신이 생각해도 공손도가 너무 심했다고 여겨졌다. 하나, 공손도나 수현 두 사람과 친분이 있으니 함부로 나서지도 못하는 처지였다.

그 때문에 화타의 입에서는 한숨만 흘러나왔다.

고은서는 내황공주를 만나는 와중에도 수현이 걱정되었다.

자신이 요동에서 정착하게 된 것도, 스승 화타를 모시고 의원이 되는 학업을 할 수 있었던 것도 모두가 흠차관 진수현이 있었기에 가능했다고 생각해 왔던 그녀였다.

그런데 자신에게 은인이나 다름이 없는 수현이 힘들어하자 남 일처럼 여겨지지가 않았다.

오후에 약혼자 유엽을 만나서 용선 경기를 관람하는 동안에도 그런 생각이 머리에서 떠나지 않는 그녀였다.

용선 경기를 관람한 후에도 고은서의 고민은 멈추지 않았다.

유엽은 강가에 있는 수양버들 아래를 천천히 걸으면서 연신 고개를 흘깃거렸다.

고은서는 유엽이 선물한 비단으로 만든 양산을 받쳐 들고 거닐었지만 머릿속은 온통 수현 생각뿐이었다.

이처럼 약혼자 유엽과 오붓하게 강가를 거니는 것조차도 마치 죄를 짓는 기분처럼 여겨지는 그녀였다.

젊은 연인, 특히 혼인을 약속한 사이라면 당연히 둘만의 시간을 가지고 싶어 한다.

유엽 역시도 그러했다. 하지만 고은서에게 아무리 눈치를 주어도 자신을 바라보지 않자 더 이상은 참지 못하고 물었다.

"은서 낭자, 무슨 고민이라도 있습니까?"

"그래 보이나요?"

"예, 얼굴에 그렇게 쓰여 있습니다."

"송구해요. 저도 모르게 그만."

"사과는 하지 않으셔도 됩니다. 그보다 말씀을 해보세요. 오늘 온종일 딴생각만 하시고 있지 않았습니까?"

"실은……."

고은서는 수현 때문에 마음이 편치 못하다고 솔직하게 말했다. 그러면서 그동안 밝히지 못했던 자신에 관한 이야기도 털어놓기 시작했다.

유엽은 그녀가 풀어놓는 지나온 삶이 결코 녹록지 않다는 것을 알게 되자 강가를 거닐던 걸음을 멈추었다.

그러자 유엽을 바라보는 고은서였다.

자신을 바라보는 고은서가 너무나 애처롭게만 느껴진 유엽은 그녀에게 다가가더니 살며시 품에 안아주었다.

순간의 감정에 휩쓸려 유엽과 뜨거운 입맞춤을 해버린 고은서의 얼굴이 붉게 물들어갔다.

그녀의 무안함을 달래주기 위한 듯 유엽은 강가에 있는 넓고 평평한 바위에 올라 앉았다. 그러자 자석처럼 이끌리듯이 그의 곁에 살포시 앉는 고은서였다.

유엽은 강바람에 출렁이듯이 흩날리는 수양버들을 바라보

며 입을 열었다.

"은서 낭자의 말처럼 각하의 일은 예사로 볼 일이 아니지요. 이러다 두 분의 관계가 틀어지지나 않을지 걱정이 됩니다."

"각하께서 지금의 저를 만들어주셨다고 해도 과언이 아닐 정도로 제게는 은인이세요."

"듣고 보니 그런 것 같습니다."

"그리고 그분 덕분에 이렇게 유 공자님과 약혼을 하게 되었지요. 도와드릴 길이 없을까요?"

"쉽지 않은 일입니다. 자칫하면 각하와 공손 부인과의 관계가 틀어질 수도 있습니다."

"그 말씀은 길이 있다는 뜻이군요!"

유엽은 자신을 바라보는 약혼녀 고은서의 간절한 눈빛을 보게 되었다. 그 때문에 유엽은 그녀의 말을 외면하지 못하고 고개를 살며시 끄덕거렸다.

고은서는 유엽이 고개를 끄덕거리자 재차 방안을 알려달라고 부탁했다.

"은서 낭자도 아시겠지만, 각하와 저희들의 관계는 단순하지가 않습니다. 자룡 공은 물론이고, 저 또한 각하 덕분에 낭자와 약혼을 하게 되었지요. 이는 작게 보면 내당에 있는 공손 부인과도 연관이 있는 것이고, 크게 본다면 유 황숙과도 연관이 있는 일입니다."

"저도 그 점은 알고 있습니다. 그럼 그 이유 때문에 방법이 있어도 지켜만 보신다는 것인가요?"

"제 생각에는 공손 부인의 가문과 각하의 관계를 정리할 때가 왔다고 봅니다. 하지만 과연 각하께서 처가와 척을 지는 일을 어느 누가 감히 주청을 할 수 있겠습니까?"

그러자 고은서는 그의 뜻이 옳다는 듯이 더 이상 말을 하지 않았다.

'출가외인이라고 하였으니, 오직 내당 부인께서만이 이번 일을 해결하실 수 있다. 하지만 그게 말처럼 쉬운 일이 아니지.'

그처럼 생각하는 유엽이었고, 그의 말을 들은 고은서도 수현을 돕는 길이 쉽지 않다고 생각했다.

그러면서 만약 자신이 공손란이라면 과연 부친을 외면할 수 있을까 싶었다. 스스로에게 그런 질문을 던진 고은서는 이내 고개를 살며시 흔들고 말았다.

그렇게 유엽과 고은서는 답답한 심정으로 요동성으로 돌아갔다.

*   *   *

그날 저녁.

조당 옆에 딸려 있는 작은 별채에 머물고 있는 수현을 찾아가는 무리들이 보였다.

병조판서 조운과 이조판서 태사자, 군사 유엽이 모두를 대표해서 수현을 찾아가는 중이었다.

수현은 그들을 반갑게 맞이하였고, 이내 조촐한 술자리가 마련되었다.

초저녁에 시작되었던 술자리는 어느새 밤이 깊을 때까지 이어졌고, 모두들 얼큰하게 취기가 오른 상태였다.

탁!

갑자기 유엽이 거칠게 잔을 서탁에 내려놓았고, 그의 거친 행동에 모두 놀란 눈으로 바라보았다.

"각하! 이대로 참으실 겁니까!"

거두절미하고 말하는 유엽이었지만, 자리에 참석한 이들 중에 그의 뜻을 모르는 사람은 아무도 없었다.

"이보게, 자양. 취했으면 가서 주무시게."

"자룡 공은 제가 지금 취한 것으로 보이십니까!"

"어허! 여기가 어느 안전이라고! 지금 말을 함부로 하지 않나!"

"하하하… 저뿐만이 아니라 여기 있는 두 사람도 똑같습니다. 각하께서 힘들어하시는데 그저 못 본 척하고 있지 않습니까!"

"그게 무슨 말인가!"

"각하! 이제는 결단을 하셔야 합니다! 공손 가문이 각하를 내치려고 하는 것이 노골적인데, 각하께서는 사사로운 정에 얽매어 있습니다!"

"어허! 자양!"

두 사람이 하는 말을 가만히 듣고 있던 태사자가 거칠게 술잔을 들어 벌컥 들이마시더니 내려놓았다. 그러면서 수현을 바라보며 말했다.

"각하, 자양의 말이 옳습니다. 아무리 각하의 장인이라지만, 이번 처사는 각하를 무시하는 것이 아니겠습니까!"

"이보시오, 자의 공!"

조운은 태사자마저도 그처럼 말하자 옆에 있는 수현을 슬그머니 바라보았다.

유엽과 태사자 두 사람의 얘기를 들은 수현 역시 장인 공손도의 처사에 불만이 있었다.

자신이야 논공행상에서 빠져도 상관이 없었다.

하지만 자신을 믿고 따랐던 장수들과 병사들조차도 논공행상에서 제외된 것은 도저히 납득이 되지 않았다.

"각하! 언제까지 참고만 있으실 겁니까!"

"자양! 각하께서 왜 그런 점을 모르겠나. 하지만 이번 일이 애들 장난처럼 간단한 일이던가!"

"하려고 마음만 먹는다면 못할 것도 없지 않습니까! 분명한 것은 저들이 먼저 각하를 내친 것입니다!"

조운도 더 이상은 유엽의 말을 듣기가 거북스러워 단숨에 술잔을 들어 마셔 버렸다.

그러자 그때까지 묵묵히 술잔만 기울였던 흠차관 진수현이 입을 열었다.

"자네들의 뜻을 나라고 왜 모르겠는가. 하지만 남도 아닌 장인어른의 처분에 내가 어찌 토를 달겠는가?"

"각하! 이번 일은 결코 사사로운 일이 아닙니다! 대업을 이루자고 저희에게 하셨던 그 약속을 벌써 잊으신 겁니까!"

유엽이 또다시 분개하며 언성을 높였다.

그는 고은서와 혼인을 하기로 약속이 되어 있었다. 그러기에 자신과 고은서를 중매해 준 수현이 진심으로 고마웠다.

그런데 이처럼 공손도에게 부당한 대우를 받게 되자 도저히 참을 수가 없었다. 그러다 때마침 이렇게 모이게 되자 그동안 간직해 왔던 속내를 모두 털어내고 있었다.

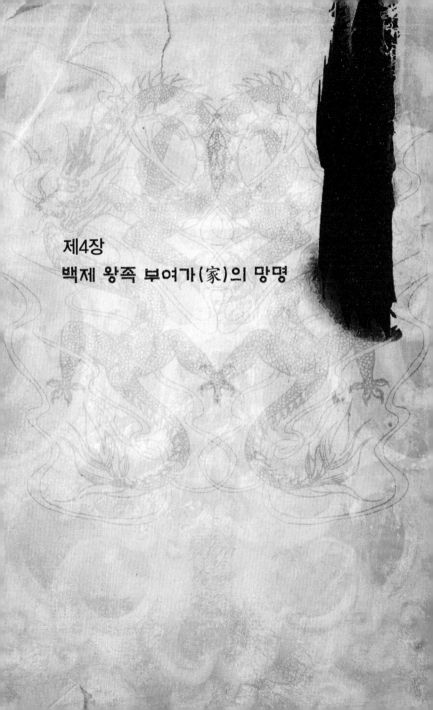

제4장
백제 왕족 부여가(家)의 망명

며칠 후, 요동의 항구.

요동은 흠차관 진수현의 통치 시기에 급속한 발전을 이루 게 되었다.

수현이 개발한 천일염 생산 방식은 빠르게 보급이 되었고, 매년 10% 이상의 생산량 향상을 기록하였다. 또한 끝이 보이 지 않을 정도로 드넓은 요동평야에서는 막대한 양의 곡물이 산출되었다. 그리고 요동 일대에 매장되어 있는 풍부한 천연 자원 개발에 심혈을 기울였다.

수현은 이를 바탕으로 하여 대외무역을 적극적으로 지원하였다.

요동에서 자체 소비되고 남은 잉여 자원인 소금, 식량, 천연 자원들은 각지로 팔려 나갔고, 수현의 부는 시간이 갈수록 천문학적인 증가세를 보여주었다.

요동과 무역을 하는 곳은 청주가 있는 산동반도 일대와 북방 민족인 선비족과 고구려 등이 있었다. 또한 한반도의 한강 유역을 장악한 백제도 요동과 빈번한 교류를 가졌다.

그런 사실을 알려주는 듯 요동의 항구에는 많은 배들이 보였다.

항구에 정박한 배들의 형태는 제각각이었다. 그리고 포구를 분주하게 오가는 사람들 중에는 후한을 비롯한 선비, 고구려, 부여인들이 한데 어울려져 있었다.

수현의 적극적인 지원 덕분에 요동의 항구는 국제적인 상업 지구로 발전하게 되었다.

끼룩!

끼룩!

오늘도 요동의 항구에는 많은 배들이 정박을 하였는데 그 중에는 멀고도 먼 백제에서 온 배도 있었다.

항구 일대에 맴돌면서 시끄럽게 울어대는 바다 갈매기들의 격한 환영을 받으면서 백제에서 온 배에서 내리는 사람들이 보였다. 무리를 이끌고 배에서 내리는 이는 중년의 사내였는데, 화려한 비단옷과 금관(金冠)이 아니었다면 볼품없는 외모였다.

하지만 그를 따라 배에서 내린 이제 10대 후반의 여인은 그 사내와 달리 빼어난 용모를 지녔다.

그 두 사람을 따라 많은 인원이 배에서 내리자, 포구에서 기다리고 있었던 중년의 여인이 황급히 다가갔다.

그 중년의 여인은 풍만한 체구였고, 기녀들이나 입는 화려한 복식에 진한 화장을 하였다. 평범한 신분이 아닌지, 그녀의 뒤를 따르는 칼을 든 무사들이 날카로운 눈빛으로 주변을 삼엄하게 경계하였다.

배에서 내린 그 사내에게 다가간 중년의 여인이 공손히 인사를 했다.

"요동에 오신 것을 환영합니다, 왕자님."

"이보게, 소 행수. 도망쳐 온 주제에 무슨 왕자인가. 앞으로 단주로 부르게."

"예, 단주님."

"오래만이네요, 소천금 행수님."

행수로 불린 소천금이라는 중년의 여인은 반가운 음성이 들려오자 입가에 환한 웃음꽃이 피어났다.

"어서 오세요, 설레 아가씨."

"소 행수, 인사는 차후에 하고 안내를 부탁하네."

"예, 단주님."

그들은 준비되어 있는 마차를 이용해 요동의 외성으로 향했다.

요동성은 크게 내성과 외성으로 구분이 되어 있는데, 내성은 관청을 비롯한 주요 인물들의 거주지가 있는 곳이다.

반면에 외성은 관청에 일정한 금액만 지불하면 얼마든지 사용이 가능한 곳이었다. 그러다 보니 주로 자금이 풍부한 상단이 모여 있었다.

그들을 태운 마차는 빠르게 이동하여 외성의 성문을 지나 백제인들이 거주하는 곳인 백제소(百濟所)로 들어섰다.

천여 명이 모여 사는 백제소에서 가장 화려하고 규모가 큰 태원기루 앞에 마차가 멈추었고, 마차에서 내린 단주는 주변을 두리번거렸다.

"호오, 이거 규모가 생각보다 크군."

"모두가 단주님의 지원 덕분에 이룰 수 있었던 성과입니다, 어서 안으로 드시지요."

"들어가세."

그들이 화려한 자태를 뽐내며 2층으로 되어 있는 태원기루에 들어서자 사람들로 북적거리는 광경이 보였다.

대부분이 상행을 나선 이들이었고, 그들이 먹고 자면서 소비하는 금액이 엄청나다는 것을 단주는 직감했다.

"단주님, 저쪽입니다."

소천금 행수가 손으로 가리키는 곳은 기루의 후원이 있는 곳이었다.

그녀의 안내를 받으면서 후원으로 들어선 단주는 멋들어지게 꾸며진 장원을 지나 별채로 들어섰다.

화려한 장식들로 즐비한 내실에 들어서자 소천금 행수가 단주를 향해 공손히 말했다.

"단주님, 업무 보고는 내일 받으시고 오늘은 쉬시지요."

"그리하세, 그러지 않아도 뱃멀미가 심해서 힘들었는데 그게 좋을 것 같네. 자네도 이만 가서 쉬게."

"예. 설례 아가씨, 내일 뵙겠습니다."

"수고하셨어요."

소천금 행수가 내실을 나가자, 단주는 힘에 겨운 듯 침상이 있는 곳으로 향했다.

그러자 그의 딸인 부여설례가 서둘러 이불을 거둬냈다.

단주는 힘겹게 침상에 드러누우면서 애틋한 눈빛으로 딸을 바라보았다.

"힘들지 않느냐?"

"소녀는 괜찮습니다."

"아비 때문에 네가 괜한 고욕을 치르는구나."

"아버님, 그런 말씀 마세요. 구수 태자에게 시달리는 것보다는 훨씬 편해요."

딸의 그런 말을 듣자 단주는 애써 외면을 하려는 듯 눈을
감아 버렸다.

그러자 그의 딸 부여설례는 부친에게 이불을 덮어주고는
조심스럽게 내실을 빠져나왔다.

그 무렵(192년) 백제는 제5대 초고왕 27년이었다.

그리고 지금 요동으로 망명한 백제의 왕자로 알려진 이는
초고왕의 이복동생 부여문연이었다.

서자 출신이라는 이유로 부여문연 왕자는 왕위 계승 서열
에서 상당히 밀려난 상태였다.

그 때문에 부여문연 왕자는 자신이 왕위를 계승한다는 것
은 불가능한 일이라고 생각하였고, 일찌감치 무역업에 뛰어들
게 되었다.

수현의 요동이 급속도로 발전을 하자 부여문연 왕자는 자
신의 신분 때문에 직접 관여는 하지 않고, 소천금이라는 기녀
를 행수로 삼아 요동으로 진출했다.

그 후 부여문연 왕자는 요동에서 산출된 값싼 소금과 식량,
철을 본국으로 가져와 판매하였다. 그 덕분에 부여문연의 가
문은 단시일에 백제국에서 가장 부유한 가문으로 성장하게
되었다.

그런데 부여문연은 그런 일 때문에 자신의 가문이 위태롭

게 될 것이라고는 미처 모르고 있었다.

훗날 백제의 제6대 구수왕이 되는 태자 부여구수는 하루가 다르게 성장하는 그를 은연중에 자신의 경쟁자로 받아들이게 되어버렸다.

이후 태자 구수의 노골적인 견제 때문에 부여문연은 하루도 마음이 편하지 못했다.

그러던 중에 지난해 겨울 아내가 세상을 떠나 버리자 부여문연은 백제를 떠나기로 결심을 하게 되었다.

부여문연은 이복형인 초이왕과의 독대에서 그런 생각을 밝히게 되었다.

초이왕은 태자의 견제가 노골적이란 것을 알고 있었고, 자신 또한 이복동생의 가문이 잠재적으로 왕권을 위협할 수 있다고 생각을 해오던 참이었다. 그러기에 초이왕은 요동으로 떠나겠다는 이복동생 부여문연의 청을 승낙하게 되었다.

그렇게 하여 부여문연은 딸 설례와 함께 요동으로 망명하게 된 것이었다.

다음 날, 오후.

부여문연 단주와 그의 딸 설례는 오전에 소천금 행수를 돕는 많은 사람들과 인사를 나누었다.

태원상단의 보정(步程: 보따리를 짊어지고 상단을 따라다니는 말단 사환)을 비롯하여, 상단의 회계를 담당하는 척사(尺査)와 인사를 나눈 단주였다.

그렇게 공식적인 오전 일과가 끝나자, 소천금 행수는 기루의 내실에서 두 사람에게 별도의 보고를 했다.

"지난해 흠차관이 대규모 원정을 단행하여 저희 상단이 큰 이문을 남기게 되었습니다."

"그런가? 수고하였네."

"그런데 근래에 요동에서 가장 중요한 인물인 흠차관이 공개 석상에 나타나지 않고 있습니다."

소천금 행수의 말에 이상함을 느낀 부여문연 단주가 찻잔을 내려놓으면서 물었다.

"그게 무슨 소린가? 지금까지 모습을 드러내지 않다니?"

"이건 어디까지나 소문인데, 흠차관이 장인과의 불화가 상당하다고 합니다. 그로 인해 며칠 전에 있었던 단오절 행사에도 불참했다고 합니다."

"그래? 아무래도 이상한데, 좀 더 자세히 알아볼 수 있겠는가?"

"저도 자세히 알아보려고 하였지만 사안이 사안인지라 파악하기가 매우 어려웠습니다."

"아버님, 흠차관을 직접 만나보시지요."

"직접 만나보라고? 하긴, 앞으로 이곳에서 지내려면 흠차관에게 인사는 해야겠구나. 너도 함께 가자."

"네, 그럴게요."

그렇게 결정이 나자 그들은 수현을 만나기 위한 준비에 들어갔다.

수현에게 만나고 싶다는 배첩을 전하였고, 선물로 바칠 예물을 준비하면서 답이 오기만을 기다렸다.

*　　　　*　　　　*

며칠 후.

조당 옆에 딸려 있는 별채.

흠차관 진수현은 장인 공손도에게서 엄청난 배신감을 느낀 나머지 등청조차 하지 않았다. 모든 업무를 대사도(大司徒) 손소에게 위임해 버리고 좀처럼 모습을 드러내지 않았다.

수현은 이번 일로 뼈저리게 깨달은 것이 있었다.

'외척이 성하면 아무것도 할 수가 없다!'라는 것을 깨닫게 된 그였다.

그런 깨달음은 자연스럽게 자신을 되돌아보게 만들어주었다.

자신을 믿고 따르는 의제 조운, 태사자, 장합, 답돈, 관해 등은 기라성 같은 무장들이었다. 저들과 함께라면 능히 자신이 요동에 독자 세력을 구축할 수 있다고 판단을 하였다.

하지만 권모술수가 난무하는 대륙으로 진출한다면 저들 무장만으로는 역부족이라는 생각이 들었다.

물론 유엽이 자신을 돕고는 있지만 이제 그의 나이가 20대 초반이다. 아직은 많은 경험이 필요하다고 보는 그였다.

"내게 필요한 것은 대륙 전체를 파악할 수 있는 안목을 지닌 자다. 제갈량이라면……."

그처럼 제갈량을 떠올려 보았지만, 자신도 모르게 고개를 흔들고 마는 수현이었다.

물론 제갈량이 대단한 인물이라는 것을 인정하였다. 하지만 이제 그의 나이 열 살이 조금 넘었을 뿐이었다. 아무리 제갈량이 뛰어나다고 하지만 코흘리개 어린아이와 대사를 논할 수는 없다고 판단됐다.

그러면서 수현은 삼국지에 등장하는 많은 책사들을 떠올려 보았다. 원소와 조조 휘하에 많은 책사들이 있다지만 과연 그들 중에 자신을 믿고 섬기던 주인을 배신할 자가 있을까 싶었다.

그러던 중에 갑자기 떠오른 이가 있었다.

딱!

"그래! 바로 그자라면!"

손가락을 튕기면서 소리치는 수현이었다. 만약 자신의 계획대로만 되었다면 제갈량과 맞먹는 책사를 구할 수도 있겠다 싶었다.

그렇게 결심이 서자 수현은 오랜 칩거를 끝내고 마침내 등청하기로 결정을 내리게 되었다.

다음 날.

조당으로 향하는 수현이 보였다.

그는 요동으로 돌아온 후 아직까지도 후원의 공손란을 찾지 않았다. 수현은 어쩌면 공손란과 이대로 끝날 수밖에 없다고 보았다.

장인 공손도가 후계를 장남 공손강에게 물려주기 위해 자신을 경계하고, 내치려고 하는 와중인데 당연히 그녀가 껄끄러울 수밖에 없었다.

물론 아들 서하가 마음에 걸리는 수현이었지만, 아들만큼은 빼앗길 생각이 추호도 없는 그였다.

공손란이 여러 번 수현이 머물고 있는 조당에 딸린 작은 별채를 찾아갔지만 끝내 그를 만날 수가 없었다. 그 때문에 공손란은 하루가 다르게 수척해져 갔다.

수현은 오랜만에 조당에서 간단히 조회를 열었다.

속관들은 이제야 수현이 예전의 모습으로 돌아온 것이라고 보았고, 다행스럽게 생각하며 기뻐하였다.

하지만 그 누구도 수현의 숨겨진 의도를 파악하지 못하였다.

그는 조회를 마치고 자신의 집무실에서 홀로 차를 마시며 허공을 바라보았다.

'내가 너무 순진했다. 장인이라지만 엄연히 따진다면 나는 외인에 불과하다. 그럼에도 아무런 대비도 하지 않았다니……'

수현은 장인 공손도에게 당한 것보다도 자신이 아무런 대비를 하지 않았다는 것이 뼈저리게 후회가 되었다.

창가에서 팔짱을 낀 채로 이런저런 생각을 하다가 또다시 장인의 일이 떠오르자 가슴속에서 울분이 치솟았다. 지금의 분한 마음 같아서는 공손도와의 관계를 단칼에 정리하고 싶었다.

그러자면 공손란과도 관계를 정리해야만 했다.

그 때문에 쉽게 결정을 내리지 못하고 여전히 고민하는 그였다.

그때였다.

"각하, 소인 평이옵니다."

"들어오너라."

집무실의 문이 열리자 시종 이평이 안으로 들어오더니 다가왔다.

수현은 이평이 들고 들어온 은쟁반에 놓여 있는 붉은색 배첩을 보게 되었다.

하루에도 그를 만나고 싶다고 전해오는 배첩은 상당히 많았다. 그 때문에 수현은 대수롭지 않게 생각하며 물었다.

"누가 보낸 배첩이더냐?"

"며칠 전에 백제소에서 보내온 배첩입니다. 어떻게 처리할까요?"

이평은 수현이 요동으로 돌아오고 지금까지 모든 배첩을 무시하였기에 이번에도 그럴 것이라고 생각하였다.

하지만 수현은 백제소란 말에 호기심이 생겨 쟁반에 있는 배첩을 집어 들었다.

곧 그는 자신을 만나고 싶다는 내용의 배첩을 쟁반에 내려두면서 입을 열었다.

"가서 조당으로 정중히 모시도록 하여라."

"판서들을 배석시켜야 하는지요?"

"그럴 필요 없다. 간단히 만나기만 할 것이니 판서들에게는 알리지 말거라."

"예, 각하."

수현은 자신의 뿌리인 한반도에서 사람이 찾아왔다는 것에 조금은 상기되었다.

물론 이곳에서 지내면서 많은 사람들을 만나보았지만, 지금처럼 왕족을 대면하는 것은 고은서에 이어 두 번째였다.

한편, 부여문연과 그의 딸 설례는 연락을 받자마자 황급히 요동의 관청으로 향했다.

두 사람은 수현의 시종 이평의 안내를 받아 조당으로 들어섰다.

이평이 사라지고 잠시 기다리자 후한의 관복을 차려입은 수현이 조당으로 들어서는 것을 보게 되었다.

'허, 대단하구나……'

부여문연은 성큼성큼 안으로 들어오는 수현의 외모에 자신도 모르게 감탄했다. 이제 20대 중반(실상은 30대를 넘김)의 준수하고, 기골이 장대한 것이 일대를 풍미할 영웅을 보는 것만 같았다.

조당에 들어선 수현은 볼품없어 보이는 중년의 사내에게 잠시 눈길이 갔다. 그리고 그의 곁에 있는 젊은 여인이 사내의 딸이라고 생각을 했다.

"흠차관 각하, 처음 뵙겠습니다. 저는 백제국 출신의 왕자 부여문연이라고 합니다."

부여문연 왕자가 정중하게 인사를 해오자 수현도 예의를 다해 인사를 했다.

"요동에 오신 것을 환영합니다. 저는 흠차관 진수현이라 합니다."

"환대를 해주시니 감읍할 따름입니다. 이쪽은 제 여식 설례라고 합니다."

수현은 부여설례와 짧은 인사를 나누더니 자리에 앉았다.

그 후 수현과 부여문연은 소소한 얘기들을 나누다가 헤어지게 되었다.

부녀는 수현과의 짧은 만남을 뒤로하고 관청을 나섰다.

외성에 있는 백제소로 향하는 중에 부여문연이 딸을 바라보며 물었다.

"흠차관을 만나보니 어떠하더냐?"

"젊은 나이라고는 믿기지 않을 정도로 진중하면서도, 인품이 있어 보였습니다."

"나 역시도 그리 보았다. 네 나이가 올해로 열일곱이던가?"

"그러합니다."

부여설례는 갑자기 자신의 나이를 묻는 부친을 이상하게 바라보았다.

"왕족, 그것도 서자 출신의 왕족이 살아가려면 두 가지가 반드시 필요하다. 무언지 아느냐?"

"무엇이 필요한지요?"

"아비가 이날까지 살아올 수 있었던 것은 시류를 파악하고, 사람 보는 안목이 있었기 때문이라고 자부한다."

그때 관청 밖에서 대기 중이었던 소천금 행수가 마차를 이 끌고 나타났기 때문에 더 이상의 말은 이어지지가 않았다.

백제소로 빠르게 향하는 마차 안에서 무언가를 고민하는 듯한 부여문연이었다.

지그시 눈을 감고 있는 그로 인해 마차 안의 분위기는 고요하기만 하였다.

한동안 그렇게 있던 부여문연이 딸 설례를 바라보며 말했다.

"설례 너도 이제 혼인할 때가 되었지?"

"설례 아가씨가 혼례를 올릴 나이는 벌써 지났지요. 이러다 노처녀 소리나 듣는 것이 아닐런지 걱정입니다."

소천금 행수가 그의 말에 거들고 나서자 지은 죄도 없는 부여설례는 얼굴이 화끈거려 왔다.

"저녁에 시간이 나면 소 행수는 잠시 나를 만나고 가게. 중요하게 전할 말이 있네."

"그리하겠습니다, 단주님."

부여문연은 소천금 행수에게 의미심장한 말을 남기고는 굳게 입을 다물어 버렸다.

자신의 혼례 얘기가 나오자 무안해진 부여설례는 창밖을 바라보았다.

그 때문에 그녀는 부친과 소천금 행수 사이에 오가는 눈빛이 특별하다는 것을 미처 보지 못했다.

그날 밤, 태원기루의 후원 별채.

별채는 작은 연못가에 위치한 덕분에 고즈넉한 운치를 자랑하였다.

부엉!

부엉!

간간이 개구리 울음소리가 들려왔고, 굵은 나뭇가지에 앉아 밤하늘을 장악한 부엉이가 먹잇감을 발견했는지 허공으로 치솟았다.

인적조차 없는 야심한 밤이었다.

그러나 부여문연이 머물고 있는 후원의 별실은 거칠고, 격한 숨소리로 가득하였다.

별실의 침상에는 한 쌍의 남녀가 있었는데, 그들은 실오라기 하나 없는 알몸 상태였다.

부여문연은 침상에 드러누운 채로 자신을 받아들이고 있는 여인을 힘껏 껴안은 상태로 거칠게 허리를 움직였다. 그러자 질척거리는 소리가 요란스럽게 들려왔다.

그가 허리를 빠르게 움직일수록 질척거리는 소리는 더욱 크게 들려왔고, 침상에 누워 있는 소천금 행수의 입에서는 거친 신음 소리가 흘러나왔다.

소천금 행수는 본능에 이끌려 부여문연의 등을 더욱 힘주어 껴안았고, 그의 허리를 다리로 감싸며 간드러지는 교성을 연신 토해냈다.

거침없이 그녀를 탐하던 부여문연이 마침내 절정에 도달했는지 갑자기 움직이지 않았다.

"하아… 하아……."

부여문연은 자신의 모든 것을 내뱉고는 거칠게 숨을 몰아쉬며 움직이지 않았고, 소천금 행수는 그를 끌어안은 채로 밀물처럼 몰려드는 여운을 만끽했다.

잠시 시간이 흐르자 몸을 일으키는 부여문연이었다.

그러자 소천금 행수는 부끄러운 듯 황급히 곁에 있는 나삼을 집어 걸쳐 입었다.

나삼을 걸쳐 입고 몸을 돌리자, 침상에 대자로 누워 있는 부여문연의 그곳이 눈에 들어왔다.

소천금 행수는 자리에서 일어나 침상을 내려가더니 한편에 마련되어 있는 세면도구를 가지고 돌아왔다. 그러고는 침상 앞에 쪼그려 앉았다.

그녀는 청동 대야에 담긴 물에 비단을 적시더니, 천천히 부여문연의 몸을 닦아주기 시작했다.

격한 움직임으로 온몸이 땀으로 가득한 부여문연은 이런 일이 익숙한 듯이 그녀의 손길을 거부하지 않았다.

"소천아."

"예, 단주님."

소천금 행수는 부여문연이 자신을 소천이라는 애칭으로 부르자 입가에 미소가 걸렸다.

"앞으로 서방님으로 부르거라."

그의 몸을 닦아주던 소천금 행수가 흠칫거리며 움직이지 않았다. 부여문연의 말에 얼마나 놀랐는지 그녀는 말도 못하고 멍하니 바라만 보았다.

"왜 대답이 없어?"

"저, 정말로 서방님으로 불러도 되는지요?"

"남들이 있을 때야 불가능하지만, 이처럼 단둘이 있을 때면 얼마든지 그리 불러도 된다."

"왕자님……."

소천금 행수가 갑자기 바닥에 엎드리더니 흐느껴 울기 시작했다.

무슨 한이 그리도 많은지 소천금 행수의 흐느낌은 좀처럼 멈출 줄을 몰랐고, 그런 모습에 부여문연은 눈을 감아버렸다.

얼마나 그렇게 울었는지 모르지만, 갑자기 자리에서 일어난 그녀가 옷장으로 향했다.

그러더니 부여문연의 포(袍)를 챙겨 들어 다가갔다.

소천금 행수는 그의 머리를 단정히 매만져 주고, 가져온 포를 그에게 입혀주었다.

자신 또한 옷을 차려입더니 백제의 혼례식에 따라 부여문
연에게 절을 두 번 했다.

부여문연은 그녀가 절을 하는 의미를 알기에 자신도 모르
게 눈가에 눈물이 맺혀들었다.

"서방님, 이제야 소첩의 한이 풀리게 되었습니다."

"참으로 그동안 네게 미안하였다."

"아, 아닙니다. 소첩은 이제라도 서방님을 모실 수 있게 되
어 기쁘기만 합니다."

"네가 낳은 설례가 나와 같은 서출이라는 오명을 지니고 살
아가는 것을 원치 않았었다. 그동안 내 욕심에 너를 멀리한
것이니, 고마우면서도 미안하구나."

"제가 왜 서방님의 뜻을 모르겠는지요. 돌아가신 대부인께
서 제 딸 설례를 어여삐 여겨주신 것만으로도 소첩은 감사할
따름입니다."

"빈말이 아니라 내자는 네 딸을 친딸처럼 여겼었다. 나 또
한 그 사람에게 고마울 따름이다. 하나, 앞으로도 너와의 관
계를 떳떳하게 밝히지는 못하겠구나."

"그것이 설례를 위하는 길이라는 것을 잘 알고 있습니다.
저는 괜찮습니다. 이렇게 서방님을 곁에서 모실 수만 있다면
그것으로 족합니다."

그러자 부여문연은 입고 있던 포를 벗어내더니 침상으로 들어가 누웠다.

소천금 행수도 겉옷을 벗어 나삼 차림으로 그의 곁에 누웠다.

부여문연은 자신의 품에 안겨 있는 그녀의 탐스러운 머리카락을 가만히 쓰다듬으며 말했다.

"여기 오기 전부터 설례에게 좋은 혼처가 있다면 출가시켜 줄 생각이었다."

"따로 생각해 두신 곳이 있으신지요?"

"흠차관이라면 설례의 배필로 부족함이 없겠다 싶구나."

그 말에 놀라서 벌떡 몸을 일으키는 소천금 행수였다.

그녀는 자신이 잘못 들었나 싶어 부여문연을 바라보았지만, 어느 때보다도 맑은 눈망울을 하고 있는 그를 보자 갑자기 심장이 요동치는 것이 느껴졌다.

*　　　*　　　*

며칠 후, 요동의 백제소.

태원상단에서 관리하는 태원기루는 오늘도 곳곳에 유등(油燈)이 밝혀져 있었고, 많은 사람들로 붐비는 말 그대로 불야성을 이루고 있었다.

술에 취해 흥겹게 노래를 부르는 이들도 보였고, 그들을 위해 악공들은 신명나게 연주를 하고 있었다.

그러나 태원기루의 후원에 있는 내실은 그런 바깥의 분위기와는 사뭇 달랐다.

흠차관 진수현을 필두로 해서 그를 따르는 여러 사람들이 술자리에 참석했다.

대사도(大司徒) 손소.

어사대부(御史大夫) 유엽.

이조판서 태사자, 병조판서 조운, 호조판서 막호발, 형조판서 답돈, 예조판서 장합, 공조판서 관해, 군수처장 최거업 등이 수현의 부름을 받고 자리에 참석하였다.

모두들 이렇게 자리를 마련한 수현이 무언가 중대 발표를 할 것이라고 추측을 하였고, 그 때문에 좌중의 분위기는 상당히 무거웠다.

수현이 술잔을 내려놓으면서 자리에 있는 사람들을 잠시 훑어보았다.

그러다 그동안 자신을 대신하여 정무를 돌보았던 대사도 손소를 바라보며 입을 열었다.

"장서(손소의 자) 공."

"예, 각하."

"그동안 나를 대신하여 무탈하게 정무를 보아주어 고맙게 생각합니다."

"아닙니다, 당연히 제가 해야 하는 일이였습니다."

"그런데 또 그대에게 정무를 위임해야만 할 것 같습니다."

수현의 말에 자리에 있던 사람들이 놀라 바라보았다.

대사도 손소 또한 그의 말을 듣고 나자 유주목 공손도와 무력 충돌이라도 생길 것만 같아 반문했다.

"혹여 무슨 일이라도 있으신지요?"

그러자 수현이 자리에 있는 사람들을 잠시 바라보다가 입을 열었다.

"오늘 그대들을 모이라고 한 것은 두 가지 중요한 안건을 전하기 위함이오. 첫째, 이제 더 이상 장인과의 관계를 유지하려고 노력하지 않을 것이오."

수현이 그처럼 말하자 모두들 반대하지 않았다.

그들도 지난 기간 동안 수현과 공손도의 갈등이 심해져 이제는 화해하기가 어렵다고 보았기 때문이었다.

"두 번째는 조속한 시일 내에 장안으로 가고자 하오."

"각하! 장안은 역적 동탁이 장악한 곳입니다!"

"그렇습니다! 그런 곳을 가시겠다니요!"

"각하의 안전을 장담할 수 없습니다!"

마치 사전에 약속이라도 한 듯이 자리에 참석한 이들은 수현의 말에 일제히 반대를 하였다.

수현은 이미 그런 반응을 예상했기에 가만히 손을 들어 그들을 막았다.

"막호발 대족장."

"예, 각하."

태사자의 장인 막호발은 수현의 부름에 긴장이 되었다.

막호발은 흠차관 휘하에서 공식 직함이 호조판서였다.

그런데 자신의 관직이 아니라 대족장으로 부르자 부족의 일과 관련이 있다고 생각하며 수현을 바라보았다.

"대족장 덕분에 선비족의 약탈이 사라졌다고 보는데, 내 판단이 틀렸는가?"

"아닙니다, 각하께서 저희 모용부족을 거두어주시고 우대하여 주신 것이 여러 부족들에게 알려졌습니다. 그런 소문을 접하게 되자 우리와 협력하려는 부족들이 늘어나고 있습니다. 이 모두가 각하께서 대외무역을 적극적으로 지원해 주셨기에 가능한 일이었습니다."

선비족은 하나로 통일이 되지 못하고 여러 부족들로 나누어져 있었다.

수현이 요동에 부임하기 전까지만 하더라도 그들 선비부족은 약탈을 당연하게 생각했었다.

그러나 수현이 모용부족을 앞세워 선비족과의 교류를 적극적으로 지원해 주자, 그들의 약탈은 사라지게 되었다.

수현은 선비부족이 식량과 소금, 철을 구입하는 대금을 그들의 가축과 동물 가죽으로 물물교환을 하도록 해주었다. 그런 혜택 덕분에 선비족은 굳이 피를 흘리지 않고도 살아갈 수 있는 길이 열리게 되었다.

이렇게 시간이 흐르자 수현을 돕는 막호발의 위상은 자연스럽게 격상이 되었다. 언제부터인가 사람들은 막호발을 선비족 전체를 아우르는 뜻이 담긴 대족장으로 칭했다.

막호발이 그처럼 선비족이 더 이상은 위협적이지 않다고 말했다.

그에 수현은 손소를 바라보았다.

"내가 자리를 비워도 장서 공이라면 충분히 요동을 다스릴 수 있을 것이라고 봅니다. 아니 그렇습니까?"

"그럼 왜 장안으로 가시겠다는 것인지 그 이유만이라도 알려주시지요."

"이번에 장인과 갈등을 겪으면서 한 가지 깨달은 것이 있습니다. 북방에서 독자적인 세력을 구축하는 것은 그리 어렵지 않지만, 문제는 내륙입니다."

"내륙에 무슨 문제라도 있는지요?"

"장서 공은 정말로 내륙에서 무슨 일이 일어나고 있는지를 몰라서 그리 물으십니까?"

"역적 동탁으로 인해 나라가 사분오열되어 가고 있는 형국이지요."

손소의 그런 말에 모두들 침통한 표정으로 변해갔다.

역적 동탁의 포악스러운 통치가 얼마나 극심한지 멀고도 먼 변방인 요동에서도 그 소문을 들을 수 있을 정도였다.

자리에 참석한 사람들도 그런 사실을 알고 있었다. 그들은 수현이 있는 자리라서 분통을 터뜨리지 못할 뿐 참고 있는 것이 역력했다.

수현은 그런 그들을 둘러보며 말을 이어갔다.

"장안이 이곳에서 멀고, 동탁이 장악하여 운신하기조차도 위험하다는 것을 알고 있다."

"각하, 그런 곳을 굳이 가셔야 하는지요?"

이번에는 유엽이 걱정스러운 표정으로 물었다.

"군을 동원하여 동탁을 처단하지는 못하겠지만, 어쩔 수 없이 그를 따르는 자들도 있다는 것을 알아주었으면 했다. 나는 장안으로 가서 그런 사람들을 구할 생각이다. 그들이 나를 돕는다면 내륙으로 진출하는 것이 한결 수월해질 것으로 본다."

"각하, 역적 동탁이 정권을 장악한 지가 수년이나 되었습니다. 그런데 과연 몇이나 남아 있겠습니까? 괜한 헛걸음만 하시는 것이 아닐까 싶습니다."

유엽이 걱정스러운 표정으로 그처럼 말하자, 수현도 내심 같은 생각을 하였다.

하지만 앞으로 내륙으로 진출하려면 반드시 포섭해야만 하는 사람이 있었고, 그를 얻을 수만 있다면 천 리 길도 마다할 생각이 없었다.

"내 입으로 이런 말을 하기는 그러하지만, 일간 천문을 살펴보았는데 역적 동탁의 수명이 다해가더군."

그런 말에 자리에 참석한 이들이 놀란 눈으로 수현을 바라보았다.

조운을 비롯한 몇몇은 수현이 천문에 능통하다고 생각해 오고 있었다. 이미 몇 차례 앞일을 예측했기에 그다지 놀라지 않았다.

반면에 손소와 유엽을 비롯하여 합류한 지 얼마 되지 않은 이들의 반응은 확연하게 달랐다.

수현은 유엽에게 장안으로 가는 전반적인 계획을 수립하라고 지시를 내리더니, 그들과 이런저런 얘기를 나누었다.

제5장
흠차관의 둘째 부인, 부여설례

수현을 비롯하여 요동의 중요 관리들이 모여 있는 태원기루.

그들이 태원기루의 후원 내실에서 장안으로 가기 위한 계획을 한창 의논하고 있을 그 무렵이었다.

부여문연 단주의 딸 설례의 거처를 방문한 소천금 행수는 비밀리에 부여문연과 부부의 연을 맺게 되자 외모에 많은 변화가 있었다.

평소 기녀들이나 입을 법한 화려한 옷을 즐겨 입었던 소천금 행수였다. 그런데 지금은 마치 다른 사람인 양 수수한 차림새로 변모하였다. 그리고 진한 화장도 사라지고 없었다.

그런 변화 덕분에 소천금 행수는 마치 이웃집에 사는 인심 좋은 후덕한 아낙네처럼 보일 정도였다.

그녀가 변한 이유는 오직 부여문연만이 알고 있었고, 그는 소천금 행수가 그처럼 변모하자 상당히 기뻐하였다.

아무튼 오늘 부여설례를 찾아온 소천금 행수는 만감이 교차했다.

꿈에서도 그리워하였던 지아비 부여문연과 부부의 연을 맺게 되어 너무나 기쁜 그녀였다.

하지만 자신이 죽는 날까지, 아니, 무덤에 들어가서도 밝힐 수가 없는 그 비애의 멍울과도 같은 딸이 눈앞에 있기 때문에 눈물이 나올 것만 같았다.

소천금 행수는 눈앞에 있는 딸을 딸이라고 부를 수조차 없어 가슴이 난도질당하는 것만 같았다. 마음 같아서는 앞뒤 가리지 않고 모든 비밀을 밝히고 싶었다. 하지만 앞으로도 자신의 딸은 부여문연 단주의 정실부인이 낳은 소생으로 남아야만 한다는 것을 알기에 아무런 내색을 할 수가 없었다.

더구나 부여문연 단주가 지시한 것이 있어 이처럼 설례를 찾아오게 된 것이었다.

부여설례는 가장 바쁜 시간에 자신을 찾아온 소천금 행수가 이상해서 물었다.

"소 행수님, 이 시간이면 손님을 맞이한다고 바쁘지 않나요?"

"그렇기는 하지만, 긴히 드릴 말씀이 있어 이렇게 아가씨를 찾아오게 되었습니다."

"말씀하세요."

막상 말을 하려고 하니 쉽게 입이 떨어지지가 않는 소천금 행수였다. 남도 아니고 자신이 배 아파가며 낳은 딸이라 차마 그런 말을 꺼낼 수가 없었다.

부여설례는 망설이는 그녀를 보다 못해 재촉했다.

"하고픈 말이 있으면 부담 갖지 말고 하세요."

"그럼 말씀 올리겠습니다. 지금 후원의 내실에 흠차관이 방문한 것을 아시는지요?"

"총관을 통해서 알고는 있습니다. 혹시 그와 관련된 일인가요?"

"그렇습니다. 아가씨께서도 아시겠지만, 이곳 요동에서 그의 영향력은 일국을 통치하는 왕이라 하여도 과언이 아닙니다."

그 말에 부여설례는 살며시 고개를 끄덕거렸다.

자신이 생각해도 흠차관이 요동에서 차지하는 영향력은 가히 절대적이라고 여겨졌기 때문에 그녀의 말에 이견이 없었다.

"왕가에서 자라신 아가씨라면 흠차관을 우리 사람으로 만들어야 한다는 것쯤은 잘 아실 겁니다. 그래서 단주님께서 부탁을 하셨습니다."

"아버님께서 무슨 부탁을 하셨다는 겁니까?"

"이 밤이 지나면 언제 기회가 다시 올지 모른다고 하시면
서… 아가씨께서 그자와 동침을 하라고 하셨습니다."

그렇게 말해 버리고는 소천금 행수는 고개를 돌려 부여설
례를 외면해 버렸다.

딸에게 못할 말을 해버린 것이 너무나 비통하여 눈물이 주
르르 흘러내리는 그녀였다.

침묵의 시간이 흐르고, 부여설례는 영원할 것만 같았던 적
막을 깨고 말했다.

"아버님의 뜻에 따르겠습니다."

그 말에 놀라서 고개를 돌려 그녀를 바라보는 소천금 행수
였다.

"제가 백제에 있을 때도 정략적으로 혼담이 오간 적이 몇
번이나 있었습니다. 그런데 태자 구수의 방해로 성사가 되지
않았지요."

"그런 일이 있었는지요?"

"아버님께서 이런 부탁을 하실 정도라면 얼마나 힘드실지
짐작이 됩니다. 그렇게 하겠습니다."

"흑흑… 송구합니다. 아가씨."

소천금 행수가 눈물을 흘리며 흐느끼자 오히려 부여설례가

위로의 말을 해주었다.

"왕가에서 태어난 여인이라면 감수해야 하는 일입니다. 그래도 흠차관이라면 황제를 대신한다지 않습니까? 그러니 그만한 사람을 어디서 구하겠는지요."

"그거야 그렇지만……."

소천금 행수는 담담히 말하는 부여설례를 뒤로하고 밖으로 나갔다.

홀로 남은 부여설례는 그제야 참았던 눈물을 흘리고 말았다.

아무리 왕가에서 태어난 여인의 숙명이라지만, 이렇게 혼인을 치러야 하나 싶은 자괴감이 들었다.

한편, 그 무렵 수현은 크게 취해 있었다.

평소 장인 공손도의 일로 고민을 해오던 그였고, 심란한 마음을 달래기 위해 평소보다 많이 마신 상태였다.

수현이 서탁에 머리를 박은 채로 곯아떨어지자 함께 자리에 참석했던 이들이 난감하게 바라보았다.

그때 내실의 문이 열리더니 소천금 행수가 들어왔다.

"흠차관 각하께서 많이 취하셨다고 총관이 알려왔습니다. 오늘은 저희 기루에서 주무시게 하시지요."

"이러시는 분이 아닌데, 그리해도 되겠소?"

"모두 알고 계시겠지만, 이곳의 주인 되시는 분은 백제국의 왕자이십니다. 그러니 저희를 믿고 흠차관 각하께서 주무시고 가시도록 해주시지요."

그러자 모두들 대사도(大司徒) 손소를 바라보았다.

잠시 생각하던 손소는 부여문연 왕자라면 수현에게 위해를 가하지는 않을 것이라고 생각하며 입을 열었다.

"그럼 소 행수의 말대로 하지. 모두들 이만 돌아가세."

그렇게 자리에 참석했던 이들이 내실을 나가자, 소천금 행수는 하인들에게 수현을 작은 별채로 옮기도록 하였다.

하인들이 수현을 부축하여 작은 별채의 내실에 있는 침상에 눕혔다.

"수고하였다. 주무시는 데 방해되지 않도록 이곳에는 얼씬도 말거라!"

"예, 행수님."

하인들을 내보낸 소천금 행수는 서둘러 부여설례가 지내는 거처로 향했다.

잠시 후, 수현이 곯아떨어져 있는 내실의 문이 살며시 열렸다.

부여설례가 조심스럽게 안으로 들어가더니, 내실을 밝히고 있는 촛불을 껐다. 그러더니 옷고름을 풀어내기 시작했다.

사그락!

사그락!

부여설례가 입고 있는 옷을 풀어내는 소리가 이어지다가 어느 순간부터 들려오지 않았다.

달빛이 창문을 통해 내실을 은은하게 비춰주었는데, 달빛 아래에 나타난 부여설례는 속살이 은근히 보이는 나삼을 걸쳐 입은 상태였다.

부여설례는 열일곱 꽃다운 나이의 여인이었다. 굴곡진 아름다운 몸매를 가진 그녀가 수현 옆으로 가서 누웠다.

그날 밤, 수현은 꿈을 꾸었다.

북평을 점령하고 요동으로 돌아온 후로 아내 공손란을 만나지 않았던 수현이었다. 그렇게 관계가 소원해졌는데, 공손란이 자신의 침상에 있는 꿈을 꾸게 되었다.

그동안 아내 공손란에게 미안하였던 감정 때문인지는 모르지만, 그녀와의 관계는 한여름의 폭풍처럼 격렬하였다.

부여설례는 격하게 자신을 탐닉하였던 수현이 세상모르고 잠든 모습을 물끄러미 바라보았다.

훤칠한 외모에, 천자를 대신한다는 흠차관이라는 지고한 신분이 내심 싫지가 않은 그녀였다.

그러다 마치 어미의 품을 찾는 병아리처럼 수현의 품을 파고들어 가 잠에 빠져들었다.

그날 새벽.

숙취 때문에 갈증이 심하게 느껴지자 수현은 게슴츠레 눈을 떴다.

그러자 내실의 침상 천장이 보였다.

잠시 생각을 해보니 자신이 술에 취해 누군가 이곳으로 옮긴 것이란 생각이 들었다.

자리에서 일어나 침상을 내려가서 서탁에 있는 주전자를 집어 주둥이에 입을 대고 벌컥벌컥 들이켰다.

한참이나 물을 마신 후 다시 침상으로 가려고 몸을 돌린 순간이었다.

은은한 달빛이 창을 통해 실내를 비춰주는데, 침상에 웬 사람이 있는 것이 아닌가. 더구나 봉긋하게 솟아 있는 모양새가 여인이 분명했다.

그때 자신이 공손란과 관계를 가졌다는 기억이 떠올랐고, 그게 꿈이 아니었다고 생각했다.

"꿈이 아니었구나……."

수현은 당연히 공손란으로 생각하였고, 자연스럽게 침상으로 가서 그녀에게 이불을 덮어주려고 하는 순간에 경악하고 말았다.

아내 공손란이라고 생각했던 여인은 부여설례였다.

그런 사실에 너무 놀라 뒷걸음질을 치다가 서탁을 건드렸다.

쿵!

한차례 요란한 소리가 울리자 부여설례가 잠에서 깨어났다.

그녀는 수현이 자신을 멍하니 바라보자 황급히 몸을 틀어 등을 내보였다.

"이, 이보시오. 이게 대체 어찌 된 일이요?"

그렇게 물어도 부여설례는 답을 하지 않았다.

잠시 그녀의 등을 바라보는데, 소리 죽여 흐느끼는 소리가 들려왔다.

그러자 수현은 마치 본능에 이끌리듯이 부여설례의 곁에 앉았다.

"무슨 내막인지 말씀을 해주시오."

"아, 아버님께서……."

짧은 말이었지만 수현은 순식간에 상황이 파악되었다. 한동 안 두 사람은 말이 없었고, 내실에는 고요한 적막만이 감돌았 다.

그러다 부여설례가 조심스럽게 침상을 빠져나오더니 겉옷 을 걸쳤다. 그러고는 수현을 향해 절을 올렸다.

"소녀를 내친다 하여도, 이제부터 각하를 서방님으로 섬기 겠습니다. 날이 밝으면 아버님께서 오실 것이니, 그때 두 분이 상의를 하세요."

그러면서 부여설례는 내실을 나가 버렸다.

홀로 남겨진 수현은 뜻하지 않게 대형 사고를 쳐버렸단 생각에 갑자기 머리가 지끈거렸다.

손가락으로 관자놀이를 꾹꾹 누르면서 침상에 걸터앉아 생각을 정리하기 시작했다.

"부여문연은 백제의 왕족이라고 했는데… 설마 부녀 꽃뱀!"

수현은 순간 자신도 모르게 그처럼 생각을 해버렸다.

하지만 자신이 너무나 터무니없는 생각을 했다는 것을 곧바로 깨닫고는 실소를 내보였다. 일국의 왕자라는 사람이 할 짓은 아니다 싶었다. 더구나 상대는 부여문연이 끔찍이도 아끼는 무남독녀, 금지옥엽이 아니던가.

덜컹!

갑자기 내실 문이 벌컥 열리더니 부여문연이 나타났다.

수현은 마치 죄인이라도 된 듯이 자신도 모르게 침상에서 벌떡 일어났다.

반면에 부여문연은 느긋하게 문을 닫고는 천천히 안으로 들어오는 것이 아닌가.

그는 침상으로 가더니 마치 수현에게 보란 듯이 남아 있는 흔적을 뚫어져라 바라보았다.

수현은 그를 따라 몸을 움직이다가 침상에 부여설례와 관계한 흔적이 남아 있는 것을 보게 되었다.

마치 붉은 물감을 떨구어 놓은 듯 침상에는 홍화(紅花)가

만개한 상태였다.

"다, 단주님. 그러니까 이게 어떻게 된 일이냐 하면……."

수현이 어떻게든 설명을 하려고 하였지만, 부여문연은 자신이 꾸민 일이기에 더는 듣고 싶지 않았다.

그는 수현을 바라보며 굳은 표정으로 말했다.

"내가 이번 일을 꾸몄다는 것을 인정하겠네."

그러자 수현은 속으로 안도했다.

대한민국에서 태어나고 자란 수현에게 있어 지금의 상황은 불륜이나 다름이 없었기 때문에 마음이 편하지 못했다.

그런데 부여설례의 부친이 그리 말을 해주니 긴장되었던 마음이 조금씩 진정되어 갔다.

"하나, 이유가 어찌 되었던 사내가 여인을, 그것도 처녀를 품었다면 응당 책임을 져야 한다고 보네. 아니 그런가?"

"다, 당연히 그리해야지요."

"그럼 이 일을 어찌 책임질 것인가?"

"그, 그야……."

부여문연의 물음에 수현은 답을 못 하고 꿀 먹은 벙어리처럼 우물쭈물거렸다.

금전적으로 보상을 해주고 싶어도, 백제소에서 영향력이 가장 큰 태원상단이었다. 그런 상단의 주인이 부여문연이라서 금전적인 보상은 말을 꺼내기도 어려웠다.

수현은 여기가 후한 시대라는 것을 다시 한번 상기했다.

그것도 온갖 음모와 술수가 판치는 삼국시대가 점차 다가온다는 것을 누구보다도 자신이 잘 알고 있지 않던가.

더구나 자신은 천자를 대신한다는 흠차관의 신분이었다. 그러기에 언제, 어디서, 누가 자신을 납치하거나 위해를 가할 수 있다고 생각해야 했다.

만약 부여문연이 다른 마음을 품었다면, 자신은 하룻밤 사이에 염라대왕을 만나게 되었을 것이라고 자책했다.

수현은 잠시 그런 생각을 하다가 부여문연에게 말했다.

"바라는 것이 있다면 말씀을 해보시지요."

"사내가 여인을 책임진다는 것은 당연히 혼인을 뜻하는 것이 아니겠는가?"

"혼인이라니요! 저는 이미 처자식이 딸린 몸입니다!"

"흠차관처럼 일세를 풍미할 영웅이라면 그깟 삼처 사첩을 들이는 것이 무슨 흠이라고 그러는가?"

부여문연은 당연하다는 듯이 말했다. 아니, 오히려 자신의 예상을 벗어난 답을 하는 수현에게서 신선한 느낌을 받았다. 자신은 지금까지 살아오면서 술, 도박, 여자를 마다하는 자를 본 적이 없었다.

그런데 수현이 처자식 때문에 자신의 딸을 받아들이지 못하겠다고 말하는 것이 너무나 흥미로웠다.

물론 수현이 그냥 해보는 말일 수도 있었다.

하지만 서출이라는 출신의 굴레에서 살아남기 위해 부여문연은 그 누구보다도 시류를 읽고, 사람을 파악하는 안목이 탁월하였다. 지금 수현이 하는 말이 절대 허투루 하는 말이 아님을 그는 알 수가 있었다.

'하긴, 여자라면 환장하는 난봉꾼보다야 낫지……'

오히려 수현이 단호하게 나오자, 부여문연의 입가에는 보기 좋은 미소가 만들어졌다.

그러면서 마치 제집인 양 서탁이 있는 곳으로 느긋하게 걸어가서 앉았다.

수현이 자신을 뚫어져라 바라보자, 서탁을 가리키며 말하는 부여문연이었다.

"그리 서 있기만 할 것인가?"

그 말에 수현이 빈자리에 가서 앉자, 부여문연은 인자한 표정을 내보이며 물었다.

"설례를 어찌할 참인가?"

"만약 제가 혼인을 하지 않았다면 설례 낭자와 혼인을 하겠습니다. 하지만 그럴 수가 없으니 물질적으로 보상을 하라면 그리하겠습니다."

"나와 내 딸 설례가 무엇을 원하는지 정녕 모르고 하는 말인가? 이래 봬도 백제국 제일의 부호가 바로 나일세. 그러니 물질적인 보상은 아무런 의미가 없다네."

그러더니 갑자기 품에서 작은 크기의 호리병을 꺼내더니 서탁에 올려두었다.

겨우 손바닥만 한 작은 호리병이었지만, 부여문연이 지니고 다닐 정도라면 평범한 물건이 아님에는 분명했다.

"나는 일국의 왕자지만 서출이라네. 출신의 한계에 좌절하고, 온갖 멸시를 받았지. 하루에도 수십 번은 죽고 싶다는 생각을 하였다네. 자네가 내 딸 설례를 거절한다면 나는 이 자리에서 이걸 먹을 것이네."

수현은 그의 굳은 표정을 보고는 빈말이 아님을 직감했다.

만약 자신이 다시 한번 더 부여설례를 받아들이지 않겠다고 말한다면 정말로 자진할 것이라고 생각됐다. 하지만 수현은 선뜻 그가 원하는 답을 내놓지 못하고 시간만 축냈다. 그것은 아마도 아내 공손란에 대한 미안함 때문일 것이다.

억겁과도 같은 시간이 흐르고, 그런 모습을 보다 못한 부여문연이 언성을 높였다.

"이보시게, 흠차관!"

답을 재촉하는 부여문연을 바라보는 수현은 자신이 더 이상은 거절할 수가 없다고 생각하며 입을 열었다.

"부득이한 상황이었지만 이렇게 설례 낭자와 연을 맺게 되었으니, 정식으로 날을 잡아 알려주시면 혼인을 하겠습니다."

"하하하! 고맙네!"

부여문연은 그가 혼인을 승낙하자 내실이 떠나가라 웃어댔다. 서자 출신으로 수많았던 위기를 겪으면서도 지금까지 살아남을 수 있었던 것은 사람 보는 안목이 남달랐기 때문이었다.

부여문연 단주는 장차 수현이 크게 될 인물로 생각했다. 그러기에 하나밖에 없는 딸에게 어찌 보면 수치스러운 일이 될 수도 있는 것을 강요한 것인지도 몰랐다.

이렇게 수현은 공손란에 이어 두 번째 부인을 맞이하게 되었다.

그리고 그 상대는 백제국의 왕족 부여가(家)였다.

그날 수현은 도망치듯이 태원기루를 빠져나왔다.

기루를 빠져나오자 거리는 어스름하게 날이 밝아오고 있었고, 요동의 번화가인 저잣거리의 상점들은 아직 문을 열지도 않은 이른 새벽녘이었다.

수현이 무언가에 쫓기듯이 저잣거리를 지나갈 때였다.

딱!

딱!

땡그랑!

땡그랑!

갑자기 순라꾼들이 순찰을 돌면서 내는 소리가 수현의 귓전에 들려왔다.

지금 그가 있는 곳은 요동의 외성에 있는 저잣거리였다. 가장 번화한 거리다 보니 평소에도 유동 인구가 많았다. 유동 인구가 많다는 것은 상업이 발전한 곳이고, 그러다 보니 범죄 발생률이 높았다.

그러기에 순라꾼들은 3인 1조로 짝을 지어 수시로 저잣거리를 순찰하였다.

한 명은 작은 막대기를 부딪치며 소리를 냈고, 다른 한 명은 작은 종을 흔들어댔다. 그리고 나머지 한 명은 조장인데, 날카로운 눈빛으로 주변을 두리번거렸다.

수현은 순라꾼들이 다가오자 저들과 만나봐야 좋을 것이 없다 싶었다. 어림잡아 짐작해 보니 지금이 묘시(오전 5시에서 7시까지) 초인 것 같았다.

이런 상황에서 저들을 만나면 양상군자로 오해받을 수도 있었고, 혹여나 자신을 아는 자가 있다면 그것도 난감한 상황이었다.

수현이 걸음을 떼려는 순간이었다.

"거기 웬 놈이냐!"

수현이 소리가 난 곳으로 고개를 돌려보니, 점포 골목에서 또 다른 순라꾼들이 나타났다.

그러자 반사적으로 내달렸다.

"도둑이다!"

수현이 도망치자 순라꾼 하나가 목에 걸고 있었던 소뿔로 만든 호각을 입에 물고 길게 불어댔다.

삐이익!

삐이익!

그 소리에 주변을 순찰하던 순라꾼들이 일제히 호응을 하였다.

삐익!

삐익!

수현은 곳곳에서 호각 소리가 들려오자 피하기에 급급했다.

"이게 뭔 짓인지 모르겠네!"

자신의 신분을 밝히고 싶어도 기루에 오기 전에 옷을 갈아입어 신패가 없다는 것이 생각났다. 그리고 저들에게 잡히면 자연히 기루에서 있었던 일이 알려지게 된다고 생각했다.

어떻게 보면 아무것도 아닌 일이었다. 하지만 대한민국에서 자란 그에게 있어 이런 상황은 피하고만 싶은 창피스러운 일이었다.

"젠장! 달밤에 오입질하다가 들킨 꼴이라니!"

수현이 내달리는 동안에도 곳곳에서 호각 소리가 들려왔다.

호각 소리에 반응한 순라꾼들도 점점 수현이 도망치는 방향으로 모여들었다.

허겁지겁 도망치던 수현은 얼마 가지 못하고 순라꾼 4개조에게 포위당하고 말았다.

12명의 순라꾼들은 각자 쇠로 만든 몽둥이를 들고 수현에게 조금씩 다가갔다.

"꼼짝 말고 가만히 있어!"

순라꾼들은 수현의 허리춤에 매달려 있는 검이 신경 쓰여 함부로 다가가지를 못하였다.

그는 괜히 순라꾼들과 싸우고 싶지가 않아 담담하게 말했다.

"나는 도둑이 아니다. 다들 처음 보는 얼굴인데 신참들인가?"

"어이, 나가 순라꾼 생활만 오늘로 2년째여. 어디서 수작질이냐!"

어느새 순라꾼 하나가 홍사(紅絲: 도둑이나 죄인을 묶을 때에 쓰던 붉고 굵은 줄)를 들고 다가오는 것이 보였다.

"내 발로 갈 것이다. 포승줄로 묶을 필요가 있느냐."

"그럼 그 검부터 풀어내라!"

순라꾼들은 수현의 옷차림이 비단으로 되어 있는 것이 예사롭지가 않아 함부로 대하지 않는 듯했다.

그들의 말대로 수현은 허리춤에 있는 애검 청운(淸雲)을 풀어 바닥에 내려놓았다. 그러고는 몇 걸음 뒤로 물러난다.

순라꾼들은 수현이 협조적으로 나오자 검을 챙겨 들더니, 사방을 호위하듯이 어디론가 끌고 갔다.

이후 수현은 요동 중부 경찰청사에서 조사를 받았다.

온갖 잡다한 인물들이 잡혀 들어오는 경찰청이었다.

그러기에 오늘 당직인 별장은 순라꾼들이 잡아온 수현의 조사를 위압적인 분위기에서 진행하였다.

그나마 수현의 옷차림이 평범한 신분이 아닌 것 같아서 일반 죄인처럼 형틀로 포박하지는 않았다. 그래도 혹시나 하는 생각에 새장처럼 생긴 철창에 가두어둔 별장이었다.

죄인들의 도주를 방지하기 위해 발에 채우는 차꼬만 없다 뿐이지, 조사의 강도는 상당했다.

"다시 말하겠다! 어디 사는 누구냐!"

"이보게, 별장. 부탁 하나 하지."

탕!

탕!

별장이 들고 있던 쇠몽둥이로 철창을 때려대더니 수현을 노려보며 말했다.

"이놈이! 감히 여기가 어디라고!"

우락부락하게 생긴 별장은 수현이 자신을 전혀 두려워하지 않자 내심 놀라는 중이었다. 일반 죄인들은 잡혀오면 살려달라고 애걸복걸하는 것이 다반사였다.

그런데 수현은 그런 일반 죄수들과는 판이하게 다르다는 것을 그도 느꼈다.

새장처럼 생긴 철장에 갇혀 있는 수현이 목에서 무언가를 풀어내어 그 별장에게 내밀었다.

"이걸 병판 대인에게 전해주게. 그럼 그가 와서 나를 빼내줄 것이네."

"병판 대인! 네놈이 어떻게 병판 대인을 아느냐!"

수현이 아무런 말이 없자 별장은 잠시 망설이다가 그것을 받아 밖으로 나갔다.

그 무렵, 병조판서이자 수현이 가장 믿는 조운의 저택.

조운은 하루도 빠지지 않고 묘시 정에 일어나 한 시간가량 뒤뜰에서 창술을 수련했다.

오늘도 평소처럼 수련을 마치자, 구석에서 지켜보고 있었던 내황공주가 그에게 다가갔다.

조운은 지난달에 내황공주가 회임을 했다는 것을 화타를 통해 알게 되었다.

그러기에 이처럼 내황공주가 아침마다 나타나는 것이 못내 걱정이 되고, 불안하여 말했다.

"홑몸도 아닌데, 이러실 필요가 있으시오?"

"화타 선생도 조금씩 움직이는 것이 좋다고 하였습니다."

"그래도 각별히 몸조심하시오."

"그리하겠습니다. 가져 오너라."

내황공주의 지시에 곁에 있던 두 시녀가 청동 대야와 쟁반을 가지고 다가왔다.

그녀는 청동 대야에 비단을 담그더니, 땀으로 흥건한 조운의 얼굴을 닦아주었다.

"오늘 아침은 무엇이더냐?"

조운의 물음에 시녀가 공손히 답을 했다.

"회임하신 공주 전하를 위해 숙수가 전복죽을 준비하였습니다."

그 말에 조운이 고개를 돌려 내황공주를 바라보며 물었다.

"입덧 때문에 드실 수 있겠소?"

"죽이라면 그럭저럭 먹을 수 있을 것 같습니다."

그때 저택의 살림을 맡아보는 총관이 뒤뜰로 들어왔다.

이 시간에는 좀처럼 모습을 보이지 않았던 총관인지라 조운이 물었다.

"무슨 일인가?"

"대인, 오늘 새벽에 수상한 자를 순라꾼들이 붙잡았다고 합니다."

"그런데?"

"붙잡힌 그자가 이걸 대인께 드리면 알 것이라고 하였답니다."

그러면서 조운에게 수현이 간직하였던 목걸이를 전해주는 총관이었다.

조운은 자신과 수현이 의형제를 맺을 때 옥패를 반으로 나눠 가졌는데, 그 옥패가 나타나자 놀라서 물었다.

"순라꾼이 잡았다는 그 사람은 지금 어디에 있느냐!"

"순라꾼이 중부경찰청 소속입니다."

"즉시 그곳으로 갈 것이니 차비를 하게!"

"예, 대인."

총관이 물러나자 가만히 지켜보고 있었던 내황공주가 시녀들에게 손짓을 했다.

그러자 시녀들이 조용히 뒤뜰을 빠져나갔다.

"그게 무엇인지요?"

"지난날 각하와 형제의 연을 맺을 때 나눠 가졌던 옥패요."

"그럼 각하께서 지금 옥에 있다는 말씀이세요?"

"아무래도 그런 것 같소."

"상공, 이상합니다. 어젯밤에 모두들 각하와 함께 계시지 않았던가요?"

"자세한 것은 돌아와서 알려주겠소."

그러면서 조운은 황급히 뒤뜰을 벗어났다.

한편, 죄수들을 심문하는 옥사 안.

수현은 사람 하나가 들어가면 제대로 운신하기조차 어려운 좁은 철창 안에 갇혀 있었다. 일반인들보다도 체구가 상당히 좋은 그였다. 그러기에 좁은 철창 안에 있는 것은 고문이나 다름이 없을 정도로 견디기가 어려웠다.

덜컹!

갑자기 옥사의 문이 열리는 소리가 들려왔다.

그 소리에 황급히 고개를 돌리는 수현이었고, 이제나저제나 나타나기만을 학수고대하였던 조운이 안으로 들어왔다.

조운은 죄인들이나 들어가는 형구에 갇혀 있는 수현이 보이자 자신도 모르게 소리쳤다.

"쉿!"

"각하!"

수현은 조운이 행여나 자신의 신분을 밝힐까 봐 손가락으로 입을 가리면서 소리를 냈다. 그런데 그만 조운이 동시에 자신의 신분을 밝혀 버리는 것이었다.

"이런."

"각하, 이게 어찌 된 일입니까!"

"왔는가. 그렇게 되었다네."

옥사의 당직 별장은 수현이 병조판서 조운을 찾기에 혹시나 하며 지켜보고 있었다.

그런데 조운이 나타나서 하는 말에 놀라 눈앞이 아찔해졌다.

"뭐하나! 어서 문을 열어드리지 않고!"

"예!"

옥사 안에 있던 순라꾼들도 넋을 놓고 있다가 조운의 호통에 황급히 정신을 차리고는 철창의 문을 열었다.

그러자 몸을 이리저리 움직이면서 밖으로 나오는 수현이었다.

그때 별장이 그의 앞에 무릎을 털썩 꿇었다.

"각하! 소인이 각하를 몰라뵙고 죽을죄를 지었나이다."

별장이 그렇게 행동하자 순라꾼들도 덩달아 바닥에 엎드려 머리를 조아렸다.

"아무리 수상하다고 하여 사람을 함부로 잡아들이나! 어떻게 옥사를 관리하는 놈들이 흠차관 각하의 얼굴을 몰라!"

"자룡, 그만하게. 내가 언제 옥에 올 일이 있다고 저들이 내 얼굴을 알겠나. 그리고 저들은 죄가 없네."

"죄가 없다니요! 저놈들은 단단히 벌을 주어야 합니다."

"아니네, 오히려 상을 주어야지. 저들은 자신이 맡은 일에 충실하였으니 상을 내려야 마땅하지. 아! 형판 그 사람도 아랫사람들을 제대로 관리한 것 같으니 상을 주어야겠군. 이보게, 별장."

"예, 각하!"

수현의 부름에 당직 별장은 몸을 더욱 납작 엎드리며 답을 했다.

"이만 나가도 되겠는가?"

"물론입니다! 어서 각하의 검을 가져오너라!"

당직 별장의 호통에 순라꾼들이 어디론가 달려가더니 잠시 후에 청운검을 가지고 돌아왔다.

수현은 자신의 애검을 받더니 옥사를 나섰다.

그러고는 곧바로 조당으로 향했다.

수현은 조당에서 자신이 겪었던 일을 말하면서 형조판서 답돈을 비롯하여 순라꾼들에게 후한 상을 내렸다.

*   *   *

조회가 끝나고, 수현은 내황공주가 회임을 했다는 것을 조운을 통해 전해 듣게 되었다.

그리고 그날 저녁, 오랜만에 조운의 저택을 방문했다.

내황공주와의 반가운 해후를 뒤로하고, 조운의 서재에서

한담을 나누는 그였다.

수현은 이런저런 얘기가 오고간 끝에 나지막하게 조운을 불렀다.

"이보게, 동생."

조운은 수현이 소리를 죽여 자신을 부르자 비밀스러운 얘기가 나올 것만 같아서 긴장하며 바라보았다.

"어젯밤에 어떻게 된 일인지 아는 것이 있는가?"

"어제 형님께서 많이 취하셨습니다. 소 행수가 기루에서 주무시게 했다고 하여 다들 그렇게 알고 있습니다. 무슨 일이라도 있었습니까?"

"사실은 지난밤에……."

수현은 간밤에 부여설례와 있었던 일을 사실 그대로 밝혔다.

조운은 그런 사실을 알게 되자 상당히 놀라워했다.

"아무래도 의도적으로 접근한 것 같습니다."

"자네의 말이 맞네, 하지만 이유야 어찌 되었던 책임은 져야겠지?"

"어떻게 하실 생각이신지요?"

"날을 잡아 알려주면 혼인을 하기로 하였네."

"형님의 생각이 그러하신다면 어느 누가 반대를 하겠습니까. 그럼 장안은 언제 가려고 하시는지요?"

"그래서 우선은 약혼만 하고 장안으로 가는 것이 낫겠다 싶네."

"아무래도 그러는 것이 좋을 듯싶습니다. 다만……."

조운은 말을 하다 말고 수현의 눈치를 살폈다.

수현은 다른 사람도 아니고 의제인 조운이 저렇게 주저한다면 결코 가벼운 얘기가 아니라고 생각했다.

"하고 싶은 말이 있는가?"

"제가 알기로 태원상단의 단주는 동쪽에 있는 백제국의 왕자로 알고 있습니다."

"제대로 알고 있군."

"형님께서 그런 자를 장인으로 받아들인다면 훗날 서하와 후계 문제가 생길 수가 있습니다. 그 점은 염두에 두시고 일을 추진하시는 것인지요?"

"으음……."

조운의 그런 말에 수현은 자신도 모르게 침음을 흘렸다.

자신에게 장남 서하가 있다지만, 훗날 부여설례가 아들을 낳기라도 한다면 조운의 말대로 그리될 가능성이 농후했다.

그 점을 알면서도 장남 서하의 생모가 공손란이란 것이 마음에 걸렸다. 그녀는 후한의 사람이고, 그러다 보니 서하를 자신의 후계로 받아들여야만 하는지 지금으로서는 확신이 서지가 않았다.

그러기에 수현은 쉽게 답을 내놓지 못했다.

"형님은 동방에 존재하였던 고대 왕국의 왕족이십니다. 부여설레라는 그 처자의 뿌리도 형님과 같은 것이 아니겠습니까? 제 생각에 이번 일은 오히려 형님께 전화위복이 될 것 같습니다. 아니 그렇습니까?"

"아직 일어나지도 않은 일이네. 그런 말은 그만하고 장안으로 가는 계획이나 정리해 보세."

조운은 자신의 물음에 답을 않지만 내심 수현도 자신과 같은 생각일 것으로 여겼다. 그러면서 그동안 공손 가문이 자신의 의형에게 어떻게 했는지를 떠올렸다.

'차라리 잘된 일이다. 그러게 사람 일은 함부로 예단하는 것이 아니다. 유주목은 이런 일이 생겼다는 것을 꿈에도 모를 것이다.'

그렇게 생각하는 조운이었고, 이번 일을 계기로 삼아 유주목 공손도에게 본때를 보여주었으면 싶었다.

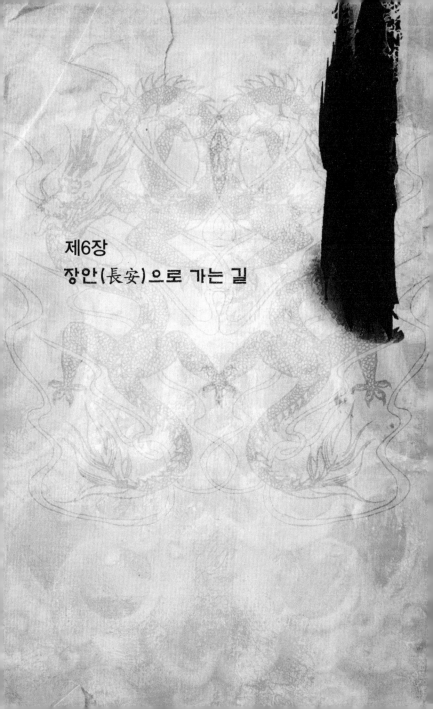

제6장
장안(長安)으로 가는 길

후한(後漢)의 새로운 수도 장안(長安).

본래 장안은 전한의 수도였다. 그리고 위·서진시대에 천수[1],
안정을 양주(凉州)에서 분리하여 옹주를 신설하고 주도로 정하
게 되었다.

후한의 정권을 장악한 동탁이 수도 낙양을 불태우고 천도

---

1) 천수라는 지명은 위나라 시대 때 한양군이 개명된 것입니다. 192년 당시에는 없는
지명이지만, 많은 분들이 마등과 마초의 근거지를 천수로 알고 있기에 앞으로 천수로 쓰
겠습니다. 그리고 서량은 삼국시대에는 존재하지 않았고, 송나라 때부터 사용된 것으로
알고 있습니다. 이 또한 글의 전개를 위해서 앞으로 사용하도록 하겠습니다. 착오 없으
시기 바랍니다.

한 곳이 바로 장안이었다.

동탁은 장안으로 천도를 단행하자 스스로 상부(尙父)로 칭하였다.

또한 동생 동민을 좌장군에 임명하여 병권을 장악하게 하였고, 조카 동황을 시중으로 삼아 금군을 장악하게 만들었다.

그러면서도 동탁은 언제 또다시 자신에게 대항하는 반동탁 연합이 결성될지도 모른다는 불안감에 사로잡혀 있었다. 그런 불안감에 장안성 서쪽 250여 리 떨어진 미현(郿縣)에 성을 쌓게 했다. 미오성으로 부르는 그곳의 규모는 장안성과 같았고, 막대한 양의 식량을 비축하여 만약의 사태에 대비하였다.

동탁은 미오성에서 거주하면서 한 달에 두어 번 장안성을 오갔다.

그의 행차는 가히 천자에 비견될 정도였다.

동탁이 장안성을 오갈 때는 모든 신료들이 성문 밖에 나가서 그를 맞이하거나, 배웅을 해야만 했다.

자신의 위세가 여전히 건재하다는 것을 보여주려는 듯 장안성을 오갈 때면 관리들이 지켜보는 자리에서 죄인들의 사지를 자르거나, 커다란 가마솥에 삶아 죽이라는 지시를 하였다.

동탁의 처참한 공포통치에 신료들은 모두 두려워하여 감히 그에게 대항할 생각을 품을 수도 없을 지경이었다.

하지만 세상에는 영원한 권력이란 것은 존재하지 않는 법이다.

무서울 것이 없었던 동탁의 종말은 그가 가장 믿는 양아들 여포에게서 비롯되었다.

어느 날 동탁은 사소한 일로 화가 나서 여포에게 수극을 던졌다.

여포가 민첩하게 피했기에 망정이지 자칫 죽을 뻔했고, 이 일은 두 사람 관계에 앙금으로 남게 되었다.

더구나 여포는 동탁의 애첩 초선과 은밀히 관계를 유지해 오고 있었다.

초선과 몰래 정을 통한 일이 발각되는 것이 두려웠던 여포는 은밀히 사도 왕윤을 찾아갔다.

왕윤은 수극을 던져 죽이려고 하였던 동탁의 처사를 거론하면서 여포를 회유하였다.

여포는 처음에는 부자 사이에 어떻게 그럴 수 있냐고 하면서 반대하였다.

하지만 왕윤이 '친부도 아닐뿐더러, 아버지가 어떻게 아들에게 수극을 던지겠느냐'고 설득하니 결국 동참하게 되었다.

이렇게 하여 동탁 암살 계획은 은밀하게 진행이 되었다.

후한(後漢) 초평(初平) 3년(192년) 음력 4월.

사도 왕윤은 여포와 합심하여 동탁을 죽이기로 결정하였다. 그리고 그 계획의 일환으로 동탁에게 위조된 교서를 보낸다.

동탁은 후한의 황제 헌제가 자신에게 양위하겠다는 거짓 교서를 철저하게 믿었고, 여포를 비롯한 소수의 호위병만 대동하고 입궁하였다.

한때 동탁의 수하였던 기도위 이숙은 10여 명의 금군들과 함께 궁문 뒤에 매복한 상태로 동탁이 들어오기만을 기다렸다.

아무것도 모른 채로 입궁한 동탁을 이숙과 금군들이 달려들어 기습을 가하였다.

이때 동탁은 겉옷 속에 갑옷을 입고 있어 팔에 부상을 입고 도망쳤다.

그러면서 큰 소리로 여포를 찾았다.

"여포야! 여포야!"

동탁은 여포마저도 저들과 작당한 것을 몰랐고, 죽을 길을 찾아 여포에게로 달려갔다.

"여포야! 당장 저놈들을 죽이거라!"

동탁이 이숙을 비롯한 금군들을 가리키며 악다구니를 쳤지만, 여포는 잔뜩 험악한 표정을 지어 보일 뿐 움직이지 않았다.

"뭐 하는 것이냐! 어서 저놈들을 죽이래도!"

그때 여포가 궁문이 떨어져 나가라 크게 소리쳤다.

"조서를 받들어 역적 동탁을 처단하겠다!"

쉬익!

"컥!"

여포가 갑자기 들고 있었던 방천화극을 휘두르자, 동탁이 입었던 갑옷이 쪼개지면서 시뻘건 선혈이 사방으로 튀었다.

동탁은 여포의 배신이 믿을 수 없는지 눈알을 부라리며 쓰러져 갔다. 그러면서 손을 들어 여포를 가리켰다.

"여, 여포… 너마저……."

"역적! 그만 죽어라!"

여포가 방천화극으로 동탁의 목을 쳐버리자, 눈알을 부라린 채로 동탁의 머리가 바닥에 떨어졌다.

다음 날, 동탁의 시체는 거리에 버려지고 그 일족은 멸족되었다.

동탁의 죽음을 만방에 알리니 병졸들은 만세를 부르고, 사람들은 거리로 뛰쳐나와 노래하고 춤추며 잔치를 벌였다.

미오성은 황보숭이 점령하였는데, 동탁이 얼마나 축적을 했는지 금 이삼만 근, 은 구만 근, 비단을 비롯한 온갖 보물이 산처럼 쌓여 있었다.

　　　　*　　　　*　　　　*

　동탁의 사후.

　기도위 이숙은 여세를 몰아 홍농군 섬현(陝縣)에 주둔하고 있던 동탁의 사위 우보를 공격했다. 하지만 오히려 우보에게 패하여 여포에게 처형되었다.

　이숙을 막아낸 이는 바로 우보의 책사 가후였다.

　가후는 이숙의 군이 나타나자 동탁이 살해되었다는 것을 알게 되었다.

　그런 사실이 알려지자 이각, 곽사, 장제를 비롯한 동탁의 부하들이 동요하여 군대를 버리고 도망치려 하였다.

　그러나 가후의 설득으로 그들은 힘을 모아 장안을 습격하여 점령하게 되었다.

　사도 왕윤은 끝까지 그들과 싸웠지만 장안의 수비병들이 반란을 일으켜 성문을 열어주자 패하고 말았다.

　여포는 자신이 사랑하는 연인 초선을 비롯하여 휘하의 무장들과 함께 도망치고 말았다.

　이때 여포를 따르는 무장들은 장료, 장패, 학맹, 조성, 고순, 위속, 송헌, 후성 등이 있었다. 이들은 훗날 여포의 팔원건장(八員建將)으로 불리게 되었다.

　후한의 황제를 다시 수중에 넣게 된 이각과 곽사는 동탁을 죽이는 일에 참여한 사람들을 모조리 죽여 버렸다.

이렇게 다시 장안에 어두운 먹구름이 드리웠다.

그나마 다행이라면 가후는 자신의 공을 내세우지 않고, 유능한 인재를 등용하여 조정을 쇄신하고자 노력하였다.

가후의 그런 정책은 당연히 이각과 곽사에게는 달갑지 않은 일이었고, 자연히 가후와 갈등이 심해질 수밖에 없었다.

*   *   *

192년, 음력 7월.

장안의 정세가 급변하던 그때 수현은 북해에 도착하게 되었다.

수현과 함께 요동을 출발하였던 무장들은 조운, 태사자, 장합, 유엽이었다. 그리고 청주자사 감녕은 항해술이 탁월하다는 이유로 그와 함께 장안으로 가기로 하였다.

그들은 장안으로 가기에 앞서 최종 계획을 의논하는 중이었다.

청주자사 감녕이 그동안 수집한 정보를 바탕으로 설명을 하였고, 서탁 위에 펼쳐져 있는 가죽으로 만든 지도의 한 부분을 손가락으로 짚었다.

그가 가리키는 곳은 산이었다. 모두 3개의 산을 지목하였는데 형세가 대륙의 서쪽 방면으로 뾰족한 삼각 형태였다.

수현은 감녕이 짚은 흑산, 태행산, 숭산을 유심히 바라보면서 그의 설명을 경청했다.

"먼저 이곳은 흑산입니다. 각하께서도 아시겠지만 총두령 장연이란 자가 근거지로 삼은 흑산적들의 본거지가 있는 곳입니다. 흑산적들의 세력이 너무나 강대하여 원소조차도 고전을 면치 못하고 있습니다."

감녕의 말대로 기주의 대부분을 차지한 원소였다.

그런데 공손찬과 우호적인 관계를 유지해 오던 흑산적들이 수시로 원소를 괴롭혔다. 그로 인해 기주 일대의 치안은 매우 불안하였다.

"그리고 총두령 장연을 따르는 일곱의 두령들이 있습니다. 그들 중에 여기 태행산은 청우각이란 자가 장악하였고, 숭산은 이대목이란 자가 두령으로 있습니다."

"저들이 숭산까지 진출할 수 있었던 것은 낙양이 기능을 상실했기 때문인가?"

"저도 각하의 말씀처럼 그렇게 봅니다. 동탁이 장안으로 천도하자 불타 버린 낙양은 버려지게 되었지요. 그러자 저들이 그 공백을 채우게 되었다고 여겨집니다."

그런 감녕의 설명에 수현은 고개를 끄덕인다.

연주목 조조가 통치하는 지역과 숭산은 그리 멀지가 않았다. 실제로 내년(193년)에 흑산적들의 대규모 침략을 받는 연주이고, 조조가 그들을 격파하게 된다는 것을 수현은 알고 있었다.

그때까지 묵묵히 설명을 듣고 있었던 군사 유엽이 입을 열었다.

"그럼 수로를 통해 낙양으로 가는 것은 거의 불가능하겠군요?"

"제대로 보았네. 흑산적들이 장악하고 있는 곳을 굳이 지나갈 이유가 없지 않겠나?"

그러면서 감녕은 수현을 바라보았다.

자신의 의견에 동조하는지를 살피던 감녕은 수현이 별다른 이견을 제시하지 않자 다음 계획을 말했다.

"먼저 연주목 조조가 통치하는 진류까지 수로를 이용하고, 그 후부터는 육로를 통해 장안으로 가야 한다고 여겨집니다."

그러면서 감녕은 또 다른 지도를 서탁에 올려두더니 설명하기 시작했다.

"흑산적들이 숭산을 장악하였다면……."

감녕은 숭산을 흑산적들이 장악하여 허현(훗날 조조에 의해 허창으로 개명)까지도 그들의 세력권이라고 설명했다.

그러면서 진류에서 남하하여 여남을 지나 남양군 완현으

로 가는 길을 알려주었다.

그러자 조운이 굳은 표정으로 말했다.

"각하, 완이라면 형주에 속하는 곳입니다. 자칫 여정이 너무 길어질 것 같습니다."

"남양태수는 누구인가?"

"한때 원술이 태수로 있었지만, 형주로 진출하려던 것이 실패하여 도망치다가 조조에게 패배하고 말았습니다. 간신히 도망친 원술은 양주자사 진온을 죽이고, 재기에 성공하게 되었습니다. 지금은 수춘을 근거지로 하여 무시할 수 없는 세력으로 성장하였습니다."

"원술이라면 그러고도 남겠지, 그럼 우리가 완까지 가는 것에는 별다른 지장이 없겠군?"

"그렇기는 하지만 흑산적들을 피하다 보니 너무 시일이 걸립니다."

"사람들을 구할 수만 있다면 시간은 얼마든지 걸려도 된다. 다들 그리 알고 있게. 진류라……."

지도를 바라보면서 그처럼 중얼거리는 수현이었다.

그러자 감녕이 그에게 설명을 해주었다.

"진류는 연주에 속하는 곳입니다. 그리고 반동탁 연합에 참여하였던 조조 맹덕이 통치하는 곳입니다."

"조조 맹덕이라……."

수현은 훗날 삼국의 하나인 위나라를 건국하는 조조가 거론되자 입을 굳게 다물었다.

자신도 조조가 얼마나 뛰어난 인물인지는 잘 알고 있었다.

만약 자신이 후한 시대에 오지 않았다면 분명 조조가 가장 강력한 세력을 구축할 것이라고 보았다. 그만큼 조조는 말로는 설명하기가 부족할 정도로 뛰어난 인물임에 분명했다.

그 때문에 수현은 가능하다면 조조를 피하고 싶었다.

조조는 자신에게 위해가 되는 인물이라면 암살도 서슴없이 행하는 자였다. 한때 조조와 함께 지냈던 유비도 그를 두려워해서 바보처럼 굴었던 것이 떠올랐다.

그런데 자신은 유비보다도 더한 관직인 흠차관이라는 신분이었다. 그러니 조조가 자신을 어떻게 생각할지 알 수가 없어 불안하였다. 더구나 진류는 조조의 근거지였으니 더욱 불안하였다.

하지만 자신을 따르는 사람들 앞에서 조조를 피하고 싶다고 어떻게 말할 수 있겠나 싶었다.

"진류까지는 배를 이용하고, 그 이후부터는 육로를 통해 장안으로 가는 것으로 하지."

"장안까지 어찌해서 갔다고 하여도 문제는 천자를 어떻게 할 것인가입니다."

"그게 무슨 소린가?"

장합의 말에 수현이 그를 바라보며 반문했다.

　"들리는 소문에는 동탁이 죽자 조정에 세금을 바치는 자들이 없다고 합니다. 천자를 받드는 이각이나 곽사도 권력 다툼에 눈이 멀어 천자를 보살피는 것을 등한시했다고 합니다. 그 때문에 천자께서는 말로는 표현하기가 어려울 정도로 생활이 궁핍하다고 합니다."

　"이보게! 준예!"

　갑자기 청주자사 감녕이 호통을 치며 장합을 노려보았다.

　그러자 모두들 무슨 일인가 싶어 그를 바라보았다.

　"천자라니! 누가 천자인가! 동탁이 세운 허수아비를 지금 천자라고 칭하는 것인가! 이제 겨우 열 살이 넘은 어린아이가 어찌 천자인가!"

　"그, 그렇기는 하지만."

　"말을 가려 하게. 지금의 천자는 허울뿐인 허깨비에 지나지 않네! 그러니 조정에 세금을 바치는 이들이 없다는 것이야!"

　"홍패, 그만하게. 준예라고 해서 그런 것을 모를 리가 있겠는가."

　"송구합니다, 각하. 제가 잠시 흥분하였습니다."

　그러자 이번에는 군사 유엽이 장합의 말에 동조하고 나섰다.

　"각하, 지금의 천자를 동탁이 세웠다지만 각하의 정통성 확

림에는 이보다도 좋은 것이 없습니다. 장안으로 가서 가능하
다면 천자를 구하도록 하시지요."

"그게 말처럼 쉬운 일인가?"

"각하의 서신 한 통이면 가능합니다."

"서신 한 통이면 가능하다니?"

유엽이 그처럼 말하자 모두들 호기심 어린 눈빛으로 그를
바라보았다.

수현은 유엽이 달랑 서신 한 통이면 후한의 황제를 구할 수
있다고 말하자 놀라움을 금치 못했다.

"유 군사의 말은 내 서신 한 통이 수십만의 병사보다도 위력
적이라는 것이 아닌가?"

"그렇습니다. 십상시의 난이 터지자 원소가 동탁을 불러들
인 것을 아실 겁니다. 이번에는 각하께서 양주를 통치하고 있
는 자를 불러들이시면 됩니다."

"그자가 누구인가?"

"초평 연간에 정동장군으로 임명된 마등이란 자입니다."

"마등이라……."

수현은 마등이라는 얘기에 자연스럽게 마초가 떠올랐다.

훗날 촉의 오호대장군의 일원인 마초인지라 기회가 생긴다
면 만나보고 싶었다.

"각하께서 마등에게 장안을 치라는 서신을 보낸다면 분명

그에 따를 것입니다."

"아무런 이득도 없는데 마등이 군을 움직이겠나?"

"장안을 주겠다고 하시면 될 것입니다. 그럼 마등은 분명
그에 따를 것입니다."

"그렇게 하지."

그때 수현은 문뜩 궁금한 것이 떠올라 물었다.

"유 군사는 가후란 자를 아는가?"

"가후? 그자가 누구입니까?"

유엽은 수현이 말하는 가후란 자를 떠올려 보려고 노력했
지만 허사였다.

그럴 수밖에 없는 것이 동탁이 죽기 전까지만 하더라도 가
후의 존재는 알려진 것이 거의 없었다. 그저 동탁의 사위 우
보의 참모였다는 것이 알려진 것의 전부였다.

그러던 중에 동탁이 죽고 이각과 곽사가 장안을 점령하게
되자 조금씩 두각을 나타내기 시작하였다.

가후는 장안을 점령한 큰 공이 있음에도 불구하고 공을
내세우지 않았고, 그저 묵묵히 자신의 일에만 매진하고 있었
다.

그러다 보니 유엽이 가후를 모르는 것은 당연하였다.

"차후에 때가 되면 그때 알려주겠네. 그럼 언제 장안으로
출발할 것인가?"

"최대한 서둘러야 하는 것이 아니겠습니까?"

"그렇습니다, 동탁 암살에 가담했던 자들이 이각과 곽사에게 죽임을 당했다고 합니다. 얼마나 구할 수 있을지는 모르겠지만 살아남은 자들이라도 구해야겠지요."

조운이 그처럼 말하자 수현은 그들에게 미안해졌다.

당초의 계획대로라면 가후만을 염두에 두었고, 나머지 사람들은 부수적으로 생각을 했었다.

그런데 동탁 암살에 가담하였던 자들이 모두 죽고 없다는 것이 알려진 지금, 가후를 만나기 위해 장안까지 간다는 말을 차마 할 수가 없는 수현이었다.

지금 이 자리에 가후를 아는 자는 자신 외에는 아무도 없었고, 그런 사실을 밝힌다면 과연 지금처럼 순순히 장안으로 가려고 할지가 의문이었다.

그런 이유로 장안에 도착한 후에 자신의 계획을 밝힐 생각을 했다.

* * *

그 무렵 예주(豫州) 여남군(汝南郡).

수현이 북해를 떠난 지 보름 정도 지났다. 진류를 향해 나아가는 배는 별다른 일 없이 순항 중이었다.

그러나 예주에 속하는 여남은 그러지를 못했다.

여남의 자경단과 갈피호 인근에 근거지를 두고 있는 도적들 사이에 충돌이 예상되었다.

이 두 세력이 충돌하게 된 이유는 지난해 예주 일대가 심각할 정도로 황충(蝗蟲)이 기승을 부렸기 때문이었다. 수백만 마리에 달하는 메뚜기가 나타나 먹을 수 있는 것은 모조리 갉아먹어 버린 대재앙이 발생한 것이었다.

해를 넘기고 춘궁기가 다가오자 예주 일대에 식량을 구하는 것은 밤하늘의 별을 따는 것보다도 어려운 일이 되어버렸다.

갈피호 인근에서 모여 살던 도적들은 황건적 출신들이었고, 유랑민들까지 가세하자 식량 부족이 극심해졌다. 이에 그들은 손쉽게 식량을 구할 수 있는 노략질에 나서게 되었다.

이때 도적들의 수가 무려 1만에 달할 정도였고, 그들이 지나간 고을에서 살아 있는 생명체를 찾아볼 수 없을 정도였다.

도적들의 약탈을 피해 도망친 사람들은 여남 인근에 사는 허 씨들의 집성촌으로 모여들었다.

허 씨들이 모여 사는 집성촌에는 허저란 자가 살고 있었는데, 체격이 8척에 달할 정도로 우람하고, 힘은 장사였다.

허저는 도적들을 피해 사람들이 도망쳐 오자 그들과 맞서 싸워야 한다고 주장하였고, 그렇게 하여 자경단이 구성되었다.

자경단이 구성되자 허저는 마을 외곽에 흙담을 쌓고, 많은 양의 화살과 돌을 구해두어 다가올 전투에 대비하였다.

그리고 마침내 도적들이 허 씨들의 집성촌 근방에 모습을 드러냈다.

1만에 육박하는 엄청난 수의 도적들이 뿜어내는 위세는 자경단이나 주민들을 압도하기에 충분할 정도였다.

하지만 허저는 그런 것에 아랑곳하지 않고 망루에서 도적들을 노려보았다.

그때였다.

"우와아아!"

"우와아아!"

도적들이 괴성을 지르며 일제히 내달리기 시작하였고, 그런 그들의 모습은 마치 굶주림에 성난 들개와도 같았다.

갈피호의 도적 1만은 마치 노도(怒濤)가 포호하듯이 몰려왔다.

"우와아아!"

"우와아!"

도적들이 내지르는 함성이 폭풍처럼 느껴지는 집성촌의 자경단원들이었다. 그런 도적들의 위세에 자경단원들은 고양이 앞에 쥐처럼 위축이 되어버렸다.

하지만 망루에서 홀로 갈퍼호 도적들을 지켜보는 허저, 그는 자경단원들과는 달랐다. 지금 허저는 그동안 느끼지 못했던, 폐부 깊숙한 곳에서 무언가 용솟음치는 것을 온몸으로 느끼고 있었다.

허저는 짜릿한 전율과 피 끓는 투지가 자신을 한 사람의 무인으로 각성시켰다는 것을 본능적으로 느끼는 듯 우렁찬 함성을 내질렀다.

"으핫!"

그러면서 주먹을 불끈 쥐더니 달려오고 있던 도적들을 뚫어져라 노려보았다.

그러다가 경계로 삼기위해 쌓아둔 석탑을 도적들이 통과하자 허리춤에서 무언가를 꺼내 들었다.

만약 이 자리에 수현이 있었다면 허저가 꺼내 든 것을 단번에 알아보았을 것이다. 수현이 슬링(sling)으로 알고 있는 '팔매'라는 도구였다.

허저는 망루 바닥에 수북이 쌓아놓은 돌무더기에서 주먹 크기의 돌을 집어 들었다. 그러고는 가죽끈 중간에 안대처럼 생긴 곳에 걸쳤다.

부우웅!

부우웅!

부웅!

허저는 가죽끈을 붙잡은 채로 허공에 돌리기 시작하였다.

점점 돌리는 속도를 빨리하자 마치 수천 마리의 벌 떼들이 허공을 날아다니는 듯한 소리가 울려 퍼졌고, 그는 어느 순간 갑자기 있는 힘껏 전방으로 돌멩이를 던져 버렸다.

쉬잇!

빡!

"컥!"

한 줄기 빗살처럼 날아간 돌멩이는 도적의 머리에 정통으로 명중되었다.

허저의 힘이 얼마나 대단한지 돌에 맞은 그 도적의 머리가 수박처럼 터져 버렸다.

바닥에 쓰러진 그 도적의 머리에서 허연 뇌수가 흘러나왔지만, 자신이 어떻게 죽었는지 알지도 못하고 즉사한 놈이었다.

그 도적의 곁에 있던 다른 놈들이 동료의 처참한 모습에 놀라서 움찔거릴 정도였다.

몇 차례 돌을 던지던 허저는 도적들이 가까이 다가오자 망루 아래를 보며 소리쳤다.

"화살을 쏴라!"

그의 지시가 떨어지자 흙담 밑에 숨어 대기하던 자경단원들이 벌떡 일어났다. 그러고는 일제히 허공을 향해 화살을 쏘아댔다.

허공을 가득 메운 시커먼 화살들은 이내 빠르게 하강하였고, 무서운 기세로 달려오던 도적들의 머리 위로 떨어졌다.

퍼벅!

퍼버벅!

"컥!"

"큭!"

갑옷은 고사하고 그 흔한 나무 방패 하나 없는 도적들에게 화살 공격은 치명적이었다. 한꺼번에 수백이나 되는 도적들이 죽거나 부상을 입을 정도였다.

그럼에도 불구하고 도적들은 멈추지 않았다. 오히려 그들은 꼬리에 불이 붙은 성난 황소처럼 흙담으로 돌진하였다.

잠시 후 허저가 이끄는 자경단원과 도적들의 사투가 시작되었다.

챙!

챙!

"죽어!"

"으악!"

흙담을 사이에 두고, 서로 죽이고 죽는 처참한 광경이 펼쳐졌다.

곳곳에서 들려오는 비명과 병장기 부딪치는 소리는 듣는 이로 하여금 간담을 서늘하게 만들 정도였다.

허저는 굵고 투박한 도를 들고 거침없이 도적들을 도륙했다.

서걱!

"크악!"

서걱!

"아악"

힘이 장사라고 알려진 허저였다. 그의 칼질 한 번에 도적들은 팔다리가 잘려 나가면서 비명을 내질렀다.

그렇게 처절한 시간은 흘러갔다.

허저의 얼굴은 죽은 도적들의 피로 흥건하였고, 입고 있는 옷은 어느새 붉게 물들어갔다.

*   *   *

3일 후.

허저와 자경단이 도적들과 처절하게 전투를 벌인 것이 벌써 사흘이나 지났다.

시간이 지나자 준비하였던 화살은 동이 났고, 간신히 버텼던 식량도 부족하게 되었다.

그럼에도 불구하고 허저와 자경단원들은 돌을 던져가면서 도적들과 치열하게 싸워댔다.

갈피호의 도적들은 생각했던 것과 달리 저들의 저항이 너무나 거세지자 물러나고 다른 곳으로 가려고 하였다.

하지만 허저가 너무나 위협적이라 그럴 수가 없었다.

그에 도적들의 두령은 전령을 보내 협상하기로 결정을 내렸다.

"전령이오! 공격하지 마시오!"

허저는 도적 한 놈이 크게 소리치며 다가오는 것을 보았다.

그는 주변의 만류에도 불구하고 그 전령을 만나기 위해 마을 입구로 홀로 걸어갔다.

전령은 허저를 가까이서 보게 되자 엄청난 체구에 자신도 모르게 기가 눌려 버렸다.

"무슨 일로 왔느냐!"

"두령께서 더 이상 싸우지 말자고 하신다."

"흥! 네놈들이 먼저 걸어온 싸움이다!"

그렇게 말은 하지만 허저는 내심 다행으로 생각했다.

준비하였던 식량과 화살이 모두 소진되었기에 앞으로 얼마나 버틸 수 있을지 모르는 암담한 상황이었다. 그러니 휴전 제의는 가뭄 끝에 만난 단비와도 같은 것이었다.

하지만 결코 그런 내색을 할 수가 없는 그였다.

그러나 도적들도 자경단이 있는 허 씨들의 집성촌에 식량이 떨어졌을 것이라고 예상한 상태였다.

"그대들도 지금 식량이 바닥났다는 것을 알고 있다."

"흥! 식량이 떨어지면 마을에 있는 소나 돼지를 잡아먹으면 되었다!"

"그래서 우리 두령께서 제안을 하셨다. 그대들이 소를 내어주면 우리가 식량을 제공해 주겠다. 어떤가?"

"소를 달라고?"

"그대들은 식량이 필요하고, 우리는 짐을 옮길 수레를 끌소가 필요하다. 어떤가?"

허저는 제안을 들어보니 나쁘지가 않아 전령에게 기다리는 말을 남기고 마을로 돌아갔다.

그러고는 마을의 촌장을 비롯한 원로들에게 그 같은 사실을 전해주었다.

그러나 예상했던 것과 달리 대부분이 그런 제안에 반대했다.

그런 마을 어른들의 모습에 허저가 답답한 듯 언성을 높이며 말했다.

"이대로 시일이 지나면 종자마저도 먹어야 할 지경입니다. 농부는 죽는 한이 있더라도 종자만큼은 반드시 지켜야 하는 것입니다! 그러니 소를 내어주시지요."

"허저야, 우리라고 왜 그것을 모르겠느냐. 허지만 저놈들의 말을 어떻게 믿고 소를 내어주라는 것이냐?"

"저들에게 식량을 마을 입구로 가져오라고 하겠습니다. 그런 후에 소를 내어주면 되겠지요?"

허저의 말에 마을의 어른들은 다른 방도가 없다고 생각했다.

그들도 허저의 말처럼 식량을 구해야 한다는 것에 동감하였고, 결국엔 허락을 했다.

허저가 다시 그 전령에게 돌아가 촌장의 뜻이라면서 식량을 먼저 가져올 것을 요구했다.

이에 도적들은 다섯 대의 수레를 밀고 당기면서 마을 입구에 식량을 가져다 두었다.

그러자 허저가 소를 내어주었는데, 도적들이 아무리 붙잡으려고 해도 소가 도망치는 것이 아닌가.

보다 못한 허저가 소 꼬리를 붙잡은 채로 질질 끌고 가더니 홀로 적진으로 들어가 버렸다.

허저의 엄청난 힘에 기세가 눌려 버린 도적들은 감히 그에게 대항할 엄두조차 나지가 않았다.

몇 번에 걸쳐 그렇게 소를 옮겨준 허저는 도적들의 두령이란 자를 눈여겨보았다.

그날 밤.

희미한 달빛만이 밤하늘을 은은하게 밝히고 있는 야심한 시각.

갈피호 도적들이 모여 있는 곳으로 고양이처럼 다가가는 자가 보였다. 커다란 덩치에 어울리지 않게 그자의 움직임은 신속하고도 은밀하였다.

도적들은 허저와 체결한 휴전 협상을 철석같이 믿는 것인지, 아니면 본래 그런지는 모르지만 경계병조차 없었다.

드문드문 피워둔 모닥불 근처에 모여서 아무렇게나 자고 있는 도적들이었다.

그 모닥불 빛에 모습을 드러낸 이는 바로 허저였다.

그는 낮에 눈여겨보았던 도적들의 두령을 찾기 위해 빠르게 주변을 살피면서 걸었다.

그렇게 움직인 끝에 도적들의 두령이 커다란 나무 밑에서 자고 있는 것이 보였다.

그러자 허저는 재빨리 그 두령 놈에게 다가갔다.

허저가 다가오는 줄도 모르고 깊은 잠에 빠져 있는 두령이었다.

그자의 곁에 도착하자 허저는 소매 속에 숨겨온 단도를 꺼내더니 단숨에 놈의 입을 손으로 막아버렸다. 그러고는 일말의 망설임도 없이 놈의 목에 단도를 쑤셔 박아버렸다.

"꾸르르……!"

허저의 일격에 기습을 당한 도적의 두령은 제대로 비명조차 지르지 못하고 그 자리에서 죽어버렸다.

허저는 두령의 머리를 잘라내더니 유령처럼 그곳을 빠져나갔다.

이른 아침.

도적들은 자신들의 두령이 밤사이에 목 없는 시체가 되어버린 것을 발견하게 되었다.

어떻게 된 영문인지를 몰라 우왕좌왕하던 그때였다.

집성촌 흙담 위에 있는 허저의 우렁찬 외침을 그들은 들을 수 있었다.

"여기 네놈들 두령의 머리가 있다! 가져가고 싶으면 오너라!"

도적들은 두령의 머리채를 붙잡은 채로 소리치는 허저를 보고는 경악하고 말았다.

간밤에 어느 누구도 허저가 다녀갔는지를 몰랐다.

그런데 귀신처럼 자신들이 있는 곳을 다녀간 것만으로도 놀라운 일인데, 두령을 죽이고 머리를 가져갔으니 두려움이 밀려왔다.

"범이다! 저놈은 범이야!"

누군가의 말처럼 도적들은 허저를 보면서 산중의 왕 호랑이가 나타난 것만 같다고 생각하였다.

그런 생각이 들자 도적들은 허저를 상대할 엄두가 나지 않아 도망치기에 급급했다.

그렇게 갈피호의 도적들을 물리친 허저였다.

허저는 마을의 촌장을 찾아가 자신의 계획을 밝혔다.

"예주는 기근이 들어 식량을 구하기가 어렵습니다. 제가 연주목을 찾아가 이놈의 목을 바치고 식량을 구해오겠습니다."

"연주라면… 조조 맹덕이 다스리는 곳이 아니냐?"

아무리 집성촌의 촌장이라 하여도 작년에 황건적들이 재차 난을 일으켰을 때 놈들을 토벌한 조조는 알고 있었다.

그리고 허저 또한 조조를 알고 있었다. 원래의 역사대로라면 이때 그의 휘하에 들어가게 된다.

"연주는 이곳에서 그리 멀지 않습니다. 그리고 소문을 들었는데 조조에게는 군량이 상당히 많다고 합니다."

"그것은 소문일 뿐이다. 믿을 것이 못 되었다."

"그래도 여기에 있으면 굶어 죽는 일만 남지 않습니까? 뭐라도 해봐야지요."

"네가 떠나고 도적놈들이 다시 돌아오면, 그때는 어찌할 것이더냐?"

"제가 두령의 목을 베어버렸습니다, 그러니 놈들은 두려워서 다시는 이곳으로 올 생각 따위는 하지 못할 것입니다."

"알겠다, 네 뜻이 그러하다면 그렇게 하여라."

그렇게 결정이 나자 허저는 전리품으로 도적들의 수급과 두령의 머리를 목함에 담아 조조가 다스리는 연주의 진류로 향했다.

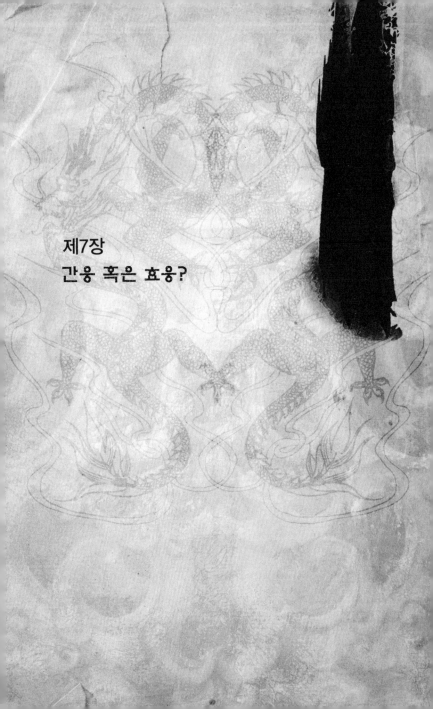

제7장
간웅 혹은 효웅?

한편, 그 무렵에 흠차관 진수현은 진류의 포구에 도착하였다.

진류에 도착한 수현은 가급적이면 조용히 연주를 떠나고 싶었다. 조조와 아무런 친분이 없을뿐더러, 지금은 장안으로 최대한 빨리 가야만 한다고 생각했다.

그런 이유로 수현의 일행들은 포구 근처에 있는 객잔에 머물기로 했다.

그러나 수현의 바람은 이루어지지 않게 생겼다.

객잔으로 들어가는 그들을 우연히 길을 가던 조조의 군사 순욱이 보게 되었다.

감녕과 유엽은 지난 원소와의 협상 때 순욱의 도움을 받은 적이 있었다. 그 인연을 떠올리며 순욱은 반가운 마음으로 객잔으로 들어갔다.

북해를 떠나고 오랜 항해에 지친 수현이 쉬고 있을 때였다.

그의 곁에 있던 유엽은 객잔으로 들어오는 순욱을 보게 되었다.

반가운 마음에 유엽이 벌떡 일어나자 나머지 사람들은 의문스럽게 그를 바라보았다.

"문약(순욱의 자) 공!"

유엽이 반갑게 부르자 순욱은 입가에 환한 웃음꽃을 피우며 다가갔다.

감녕도 순욱을 본 적이 있어 반가운 마음에 자리에서 일어나 그를 맞이하였다.

"혹시나 싶어 들어왔더니, 역시 자양(유엽의 자) 공이셨군요."

"정말 오랜만에 뵙습니다."

"문약 공, 이렇게 다시 뵈니 정말 반갑습니다."

유엽에 이어 감녕도 반갑게 인사를 했다.

순욱은 언제나 허리춤에 방울을 달고 다녔던 감녕이 뇌리에 강렬하게 남아 있었기에 반갑게 응대하였다.

순욱은 오랜만에 감녕, 유엽 두 사람을 만난 것에 더할 나위 없이 기뻤다.

그렇게 서로의 안부를 묻는 짧은 시간이 지나자, 유엽이 공손히 손으로 수현을 가리키며 말했다.

"여기 계시는 분은 흠차관 각하이십니다."

'흠차관이 왜 여기에……'

순욱은 뜻밖에도 흠차관이 객잔에 있자 놀라워하면서도 한편으로는 무슨 일인가 궁금하였다.

그러나 이립(而立)의 젊은 나이임에도 불구하고 순욱은 노련한 면모를 보여주었다. 그런 생각을 표정으로 드러내지 않았고, 지극히 공손한 태도로 수현에게 예를 올렸다.

'저자가 조조의 장자방이라는 순욱이구나… 역시 뛰어난 인물로 보이는군.'

수현은 그런 생각을 하면서 미공자처럼 준수하게 생긴 순욱에게 마주 보며 인사를 하더니 자리를 권했다.

자리에 앉은 순욱이 만면에 보기 좋은 미소를 띠우더니 유엽을 바라보며 물었다.

"그런데 여기는 웬일이십니까?"

"흠차관 각하께서 지방을 순수 중이십니다. 저희들은 그런 각하를 보좌하고 있지요."

유엽은 사전에 수현과 말을 맞춘 대로 순욱에게 알려주었다.

사람 좋기로 알려진 순욱이었다.

그렇지만 유엽에게서 그런 말을 듣게 되자 내심 불쾌하였다. 아무리 흠차관이 천자를 대신한다지만, 황제에게나 어울릴 법한 순수(巡狩: 황제가 나라 안을 두루 살피며 돌아다니던 일)를 했다는 것 때문이었다.

'황숙 덕분에 흠차관이 되었으면 얌전히 있을 것이지……'

순욱이 그처럼 수현의 지방 시찰을 달갑지 않게 여기는 것에는 나름의 이유가 있었다.

몇 년 전 반동탁 연합이 결성되었던 그때였다.

반동탁 연합의 맹주 원소는 황숙이자 유주목인 유우에게 황제의 위에 오르도록 주청을 하였다.

이에 유엽이 반대를 하였는데, 원소는 차선책으로 황제를 대신하여 벼슬을 제수하는 영상서사에 오르도록 또다시 유우에게 주청을 하였다.

이때 유우는 원래의 역사대로라면 그마저도 반대를 했다.

그러나 손녀사위 수현의 부탁을 받아 영상서사가 되었다. 그리고 손녀사위의 뜻에 따라 그를 흠차관에 임명한 유우였다.

시간이 지나면서 이런 내막은 자연스럽게 알려지게 되었다.

그러니 순욱은 수현이 운이 좋아 흠차관이라는 막중한 자리를 차지한 것으로 보았다. 그런 이유 때문에 꺼림칙한 수현인데, 우습게도 황제처럼 지방을 살피러 돌아다닌다고 말하는 것이 아닌가.

때문에 수현을 좋게 볼 일은 없었고, 그런 감정 때문에 순욱은 짧은 만남을 뒤로하고 객잔을 나와 버렸다.

그러고는 곧바로 조조가 있는 관청으로 향했다.

이때 조조는 자신이 다스리는 진류로 부친을 모시고자 하였다.

조조의 부친 조숭은 관직에서 물러나 낙향하여 유유자적한 삶을 살아가고 있었다. 그러던 중에 황건적의 난이 터지고, 동탁이 죽는 극도로 혼란한 시기가 도래하였다.

이에 조조는 부친의 안위가 걱정이 되어 서신을 작성하고 있는 중이었다.

그런데 특이한 것이 보였다.

지금 조조가 부친에게 보내는 서신의 재질은 비단이나 죽간이 아니었고, 당시에는 구하기가 매우 어려운 종이였다.

종이의 개발자로 알려진 채륜은 후한 시대 환관이었다. 그에 의해 당시 포장지의 개념에 불과하였던 종이는 일대 혁신을 맞이하게 되었다. 채륜은 당시에 존재하였던 종이 제작법을 개량하였고, 덕분에 값싼 재료를 이용하여 종이를 만들 수 있는 길이 열리게 되었다.

훗날 채륜이 개발한 채후지는 인류 문학의 대변혁을 상징

하는 문화유산이 되었다.

하지만 후한 말기에 나라가 극도로 혼란스러워지자 종이 생산은 중단되었다.

그러자 자연스럽게 종이 대용으로 값비싼 비단이 사용되었다. 그리고 비단을 사용하기 어려운 사람들은 옛 방식대로 죽간을 주로 쓰게 되었다.

실제로 삼국이 통일되고 정치가 안정되자 그제야 종이가 제대로 생산이 가능해졌고, 그 덕분에 널리 보급이 되었던 것이다.

조조는 구하기 힘든 채후지에 부모님을 봉양하고 싶다는 내용의 서신을 작성하고 있는 중이었다.

그때였다.

"주공, 접니다."

"들어오게."

조조는 자신의 집무실을 찾아온 순욱의 음성에 그처럼 답을 하였지만, 여전히 서신 작성에 몰입하였다.

안으로 들어선 순욱은 귀하디귀한 종이에 글을 쓰고 있는 것을 보게 되자 궁금하여 물었다.

"귀한 종이를 어디서 구하셨는지요?"

"맹탁(장막의 자)이 보내주었다네."

순욱은 조조의 죽마고우인 장막이 보내주었다는 말에 그

러려니 하고 넘겨 버렸다. 두 사람의 관계가 수어지교(水魚之交)일 정도로 가까웠기 때문에 순욱은 별다른 생각을 하지 않았다.

하지만 아무리 죽마고우라 할지라도 관직이 걸린 일이라면 사정은 다르다.

한때 장막은 지금 조조가 차지한 진류의 태수였다.

반동탁 연합에 참가한 조조가 홀로 동탁을 추격하다가 대패하고 말았다. 장막은 그런 조조를 아무런 대가 없이 받아주었고, 물심양면으로 그를 지원해 주었다.

그런 것이 작년에 황건적이 재차 난을 일으켰을 때 연주자사 유대가 전사하고 말았다.

그러자 영상서사인 유우가 조조를 연주목에 임명하였다.

은근히 자신이 주목이 될 것이라고 기대하였던 장막에게는 청천벽력과도 같은 소식이었다.

장막은 친우인 조조에게 내색은 못 하고 그렇게 진류를 떠나야만 했었다.

그러다가 훗날 조조가 부친을 살해했다는 이유를 들먹이며 서주를 침공하게 되었다.

이때 여포의 책사 진궁이 장막을 설득하여 변절하게 만든다는 것을 조조나 순욱은 미처 알지 못했다.

결과적으로 조조가 철석같이 믿었던 동기인 장막의 배신으

로 인해 연주의 대부분을 여포에게 빼앗기고, 겨우 3개의 성
만 남게 된 조조였다.

조조가 서신을 작성하는 것을 끝냈는지 붓을 내려두며 물
었다.

"그래, 무슨 일로 왔는가?"

"주공, 흠차관이 지금 포구 객잔에 있습니다."

"뭐라! 그런 중요한 자가 도착했다는 것이 왜 내게 보고가
없었나! 대체 포구 경비를 어떻게 하는 것이야!"

"흠차관이 공식적으로 움직이지 않으니 경비들이 저들의 신
분을 알 리가 없었겠지요. 저도 우연히 유엽과 감녕이 객잔으
로 들어가는 것을 보고서야 그런 사실을 알게 되었습니다."

"잠깐, 유엽이라면… 전에 자네가 얘기하였던 그자가 아닌
가?"

"그렇습니다."

조조는 유엽이 얼마나 뛰어난 인물인지를 알려주었던 순욱
의 말이 생각났다.

원래의 역사대로라면 조조 휘하에 있을 유엽이었다.

하지만 그런 사실을 알지 못하는 조조였으니 유엽이 흠차
관 진수현을 따르는 것이 못내 아쉽게만 여겨질 따름이었다.

"저들이 무슨 이유로 이곳에 왔는지 알아냈는가?"

"흠차관이 순수를 다닌다고 합니다."

그런 말에 조조가 벌떡 일어나며 소리쳤다.

"하! 순수! 감히 흠차관이라는 놈이 천자라도 되었다는 것이야! 제깟 놈이 뭐라고 순수를 다녀!"

대노한 조조의 호통은 한여름에 서리가 내릴 정도로 매서웠다. 그러나 곁에 있는 순욱은 그런 조조를 보고도 일말의 동요조차 없었다.

잠시 시간이 지나고, 화를 가라앉힌 조조가 자리에 앉아 은밀히 말하기 시작했다.

"주공, 그리 화를 내실 일만은 아닙니다."

"이보게, 문약! 지금 내가 화를 안 내게 생겼나!"

"순수란 것이 무엇인지요? 바로 지방관의 어려움을 살피고 해결하는 것이 아니겠는지요?"

순욱의 그런 말에 조조는 가만히 수염을 만지작거리면서 생각에 빠져들었다.

골몰히 생각하던 조조는 순욱의 말이 무엇을 뜻하는지를 깨닫더니 입가에 조소가 걸렸다.

"흠차관에게 우리의 어려운 사정을 얘기하자는 것인가?"

"그렇습니다. 흠차관이 우리의 어려운 사정을 해결해 준다면 좋은 일이고."

"우리의 청을 들어주지 못한다면 아랫사람들에게 면이 서지 않겠군!"

"바로 그렇습니다."

이심전심이라고 조조가 자신의 뜻을 알아주자 순욱은 입가에 미소를 만들며 그를 바라보았다.

그러자 조조는 천장이 들썩거릴 정도로 크게 웃어대기 시작했다.

"푸하하하……!"

"어떻습니까?"

"역시! 자네는 나의 장자방이네!"

"그럼 흠차관을 초청하는 배첩을 전하고 오겠습니다."

"그리하게!"

순욱이 자신의 집무실을 나가는 뒷모습을 유심히 지켜보던 조조가 입가에 조소를 띠웠다.

흠차관이라는 애송이를 이번 기회에 제대로 망신 줄 심산인 그였다. 아직 일어나지도 않은 일이지만 마치 다 된 밥을 앞에 둔 사람처럼 들뜬 조조였다.

다음 날.

진류의 포구 객잔을 나서는 흠차관 진수현이 보였다.

그리고 군사 유엽과 의제 조운, 태사자, 장합, 감녕이 그를 호종하였다.

수현은 조조가 보내준 마차에 올랐고, 나머지 인원들은 말에 올라 진류의 관청으로 향했다.

따각!

따각!

관청으로 향하는 마차 안에서 잔뜩 표정이 굳어 있는 수현이었다.

'왜 나를 초대한 것이지⋯⋯.'

어제 순욱이 다시 돌아와서 조조가 초대했다면서 배첩을 전해주었다.

그 이후부터 수현은 그런 고민에서 벗어날 수가 없었다. 아무리 자신이 고민을 해보아도 조조의 속내를 알 수가 없으니 답답한 마음은 해소되지 않았다. 그런다고 다른 이들에게 자신의 속내를 밝힐 수도 없다고 생각하는 그였다.

하지만 수현은 모르고 있는 것이 있었다.

그의 생각과 달리 지금 그를 따르는 이들은 달랐다.

의제 조운을 비롯하여 군사 유엽, 태사자, 장합, 감녕 등은 이미 수현을 철저하게 믿고 따랐다. 설령 수현이 그런 고민을 털어놓고 자문을 구해도 어느 누구도 그를 탓하지 않을 것이다.

수현이 그런 고민을 하는 것은 어쩌면 자격지심이고, 노파심일지도 몰랐다.

그런 고민 속에 어느덧 진류의 관청 앞에 마차가 멈췄다.

덜컹!

수현이 마차 문을 열고 내리자, 마중 나온 순욱이 반갑게 인사를 했다.

"흠차관 각하, 이렇게 초대에 응해주셔서 진심으로 감사합니다."

"연주에 왔으니 당연히 주목을 만나봐야 하지 않겠는가?"

"당연한 말씀이십니다. 제가 안내하겠습니다."

"부탁하네."

순욱이 앞장서 안내하자 뒤따르는 수현이었다.

그런데 수현의 곁으로 다가간 조운이 은밀하게 말했다.

"형님, 조조란 자가 아무래도 형님을 우습게 여기고 있는 것 같습니다. 초대를 해놓고도 코빼기도 보이지 않다니, 이건 형님을 무시하는 것입니다."

"만나보면 알게 되겠지."

수현도 조운의 말처럼 그런 생각이 들어 기분이 좋지가 않았다.

명색이 천자를 대신한다는 흠차관이 자신이었다.

그럼 최소한 조조가 직접 자신을 맞이해야 하는 것이 예법에 맞는 것이다.

그런데 초대한 당사자가 나오지도 않는 것은 너무나 뻔히 보이는 술수로 여겨졌다. 이런 것을 자신을 따르는 이들 앞에서 면박을 주겠다는 조조의 고약한 심술로 받아들이는 수현이었다.

조조가 자신을 무시했다는 생각이 들자, 그때부터 수현은 마치 다른 사람이라도 된 듯이 기세가 완전히 변했다.

은연중에 조조를 피하고 싶어 하였던 마음이 일순간에 사라졌다.

'나는 황제를 대신하는 흠차관이다!'

그렇게 스스로에게 다짐하는 수현이었고, 마치 진짜로 후한 시대를 살아가는 인물로 거듭난 것처럼 당당하게 걸음을 옮겼다.

진류의 관청 안으로 들어선 수현은 생각지도 못한 광경을 접하게 되었다.

관청 정문에서 조당으로 연결된 계단이 나타났는데, 놀랍게도 조조 휘하에 있는 속관들이 계단의 양편에 도열한 상태였다.

수현이 바라보니 자신의 왼편에는 조조의 문관들이 일렬로 도열한 모습이었다. 그리고 그 반대편에는 조조의 무장들이 마치 시위라도 하듯이 갑옷 차림으로 도열한 상태였다.

"흠차관 각하, 오르시지요."

마치 아무 일도 아니라는 듯이 담담하게 말하는 순욱이었다.

'이거 한번 해보자 이거군!'

수현은 조조가 자신을 무시한다는 것은 알고 있었다. 하지만 이것은 도를 넘어섰다고 생각하였고, 심한 모멸감에 부아가 치밀어 올랐다.

저들의 엽기적인 행태를 수현을 따르는 이들도 함께 느꼈는지 다들 표정이 굳어 있었다.

그러나 수현은 아무런 내색 없이 순욱을 바라보며 입을 열었다.

"이보게, 문약 공."

"예, 각하."

"저들이 나를 맞이한다고 이 뙤약볕 아래서 기다린 것이 아닌가? 그러니 소개를 해주게."

"그러시지요."

순욱 역시도 겉으로는 아무런 내색을 하지 않았지만 속으로는 적잖이 놀랐다.

어느 누가 보더라도 흠차관에게 면박을 주기 위해서 조당으로 가는 계단에 문무 속관들을 도열시켜 둔 것이라고 생각할 것이다.

이런 상황이면 당연히 화를 내야 하는 것이 정상이라고 생각하였던 순욱이었다. 그런데 마치 아무 일도 아닌 것처럼 행동하는 수현에 놀라는 그였다.

수현은 첫 번째 계단 왼편에 서 있는 문관을 소개받았다.

"각하, 이쪽은 곽가이며, 자는 봉효를 씁니다."

순욱의 소개에 작년 조조의 휘하에 합류하였던 곽가는 정중하게 수현에게 예를 올렸다.

"흠차관 각하를 뵙습니다. 곽가, 봉효입니다."

"쯧! 쯧! 쯧!"

수많은 사람들이 지켜보는 자리인데 갑자기 흠차관 진수현이 곽가를 보면서 혀를 찼다.

마치 들으라는 듯이 크게 소리를 내며 혀를 차는 그였다. 당연히 그 자리에 있던 사람들이 놀라서 흠차관 진수현을 바라보았다.

순욱 역시 전혀 예상하지 못한 수현의 행동에 놀라고, 의문이 들어 물었다.

"각하, 왜 봉효를 보시고는 혀를 차시는지요?"

그런 순욱에게 살짝 손을 들어 제지시킨 수현이 곽가에게 물었다.

"곽가라고 하였나? 나이는?"

"이제 약관이 지났습니다."

"뛰어난 인재가 단명하게 생겼으니 그게 안타까워서 나도 모르게 추태를 부렸네. 앞으로 건강에 각별히 신경 쓰게. 저리로 가지."

그런 말을 들은 곽가는 순간 아무런 생각이 나지 않아 멍하니 수현을 바라만 보았다.

　수현은 그런 곽가를 뒤로하고 이번에는 반대편 계단에 도열한 무장에게로 느긋하게 걸어갔다.

　그런 수현의 뒷모습을 바라보던 유엽이 의미심장한 눈빛으로 곁에 있는 사람들을 바라보았다.

　조운, 태사자, 장합, 감녕은 이미 수현의 진면목을 알고 있었기에 놀라지는 않았다. 아니, 그들의 입가에 미소가 걸리는 것이 오히려 무언가 알 수 없는 통쾌함을 느끼고 있는 것 같았다.

　순욱은 자신의 의도와는 전혀 다른 방향으로 일이 진행되자 당황스럽기만 하였다. 그는 이게 무슨 일인가 싶었지만 아무런 내색조차 할 수가 없었고, 그저 수현을 따라서 움직일 수밖에 없었다.

　수현이 한 무장 앞에 서자 순욱이 소개를 했다.

　"각하, 이자는 하후돈이라 하고 자는 원양을 씁니다."

　"흠차관 각하를 뵈옵니다."

　"자네도 얼굴을 한번 보세."

　하후돈은 이미 곽가를 두고 관상 평을 하였던 수현 때문에 자신도 모르게 바짝 긴장이 되었다.

　수현은 잠시 하후돈의 얼굴을 면면히 살피다가 고개를 가만히 흔들고 말았다.

그런 모습을 곁에서 지켜보던 순욱이 조심스럽게 물었다.

"각하, 원양도 관상이 좋지 않는지요?"

"주인을 위해서라면 죽음도 불사할 정도로 충신이네. 하나, 아비를 두 번이나 죽인 자에게 호되게 당할 상이로군."

"아비를 두 번이나 죽인 자라면… 여포! 봉선!"

수현의 말에 잠시 생각을 하던 순욱이 놀라서 그처럼 소리쳤다.

"각하, 여포가 맞는지요? 그러한지요?"

"여포를 만나거든 각별히 조심하게."

본래 하후돈은 백마(白馬)에 주둔하며 절충교위(折衝校尉)와 동군태수를 겸하였다.

하후돈은 개인적인 일이 있어 잠시 진류에 들렀다가 임지로 돌아가려고 했었다. 그러다 순욱의 부탁을 받고, 이처럼 흠차관에게 시위를 하는 중이었다.

하지만 수현이 곽가에게 관상을 평하는 것을 보게 되자 자신의 임무를 망각해 버리고 말았고, 다급한 표정으로 수현에게 그처럼 물었다.

다른 일도 아니고, 자신들의 안위와 관련이 있는 이야기다 보니 순욱의 노림수는 초장부터 틀어져 버렸다.

그런 사실을 알면서도 수현은 아무런 답을 해주지 않고 계단을 올랐다.

'후후, 이것들이 감히 나를 희롱해! 똥줄 좀 탈 것이다!'

수현은 하후돈이 여포의 무장인 조성의 화살에 맞아 눈알을 삼킨 것을 두고 그처럼 말해 버렸다.

다음 계단에 도착하자 순욱이 소개하기도 전에 무장이 공손히 예를 올리며 당차게 말하였다.

"전위입니다!"

"각하, 전위는 악래로 불릴 정도로 힘이 장사입니다."

"그렇게 보이는군, 이거 참……."

수현이 전위를 보고는 말을 잇지 못하고 안타까워하였다.

그러자 모두들 긴장된 마음으로 그를 바라보았다.

그에 전위를 조조에게 추천하였던 하후돈이 다급하게 물었다.

"각하, 전위의 관상이 좋지 않은지요?"

"섬기는 주인을 대신하여 죽을상이니 좋다고 해야 하는지, 아니면 나쁘다고 해야 하는지 도통 알 수가 없네."

"저는 주공을 위해서라면 기꺼이 이 한 몸 내놓을 수 있습니다!"

전위가 호기롭게 그처럼 말하자, 수현은 고개를 살며시 끄덕거리며 반대편으로 걸어가 버렸다.

곽가의 뒤에 서 있었던 문관 앞에 도착하자 순욱이 재빨리 소개를 했다.

"정욱이라고 합니다, 자는 중덕을 씁니다."

그러자 소개를 받은 정욱이 공손히 인사를 해왔다.

"자네는 팔십 세까지 장수할 것 같군. 이곳에 있는 자들 중에 천수를 누릴 자는 자네뿐이네."

아무리 정욱이 오십여 년 동안 산전수전을 다 겪은 노회한 인물일지라도 천수를 누린다는 말에 기쁘지 않을 리가 없었다.

정욱은 환하게 얼굴이 밝아지더니 정중히 수현에게 인사를 하며 말했다.

"말씀이라도 그리해 주시니 감읍할 따름입니다."

"빈말이 아니라네. 다음으로 가지."

그러면서 수현이 계단을 올라 정욱 뒤에 서 있는 문관에게로 향했다.

그런데 정욱의 뒤에 있는 자가 괴상한 차림새를 하고 있어 말없이 바라만 보았다.

나이는 이제 30대 정도로 보였는데, 어울리지 않게 지팡이를 짚고 있는 모양새였다.

"이자는 주공께서 초빙한 방술사입니다."

"방술사?"

"비장방이라는 방술사입니다."

그 비장방이라는 방술사가 갑자기 허리춤에 있는 가죽 주머니에서 무언가를 집어내더니 허공에 뿌렸다.

수현은 허공에 흩날리는 수많은 부적들을 멍하니 바라만 보았다.

"죽은 귀신아! 당장 정체를 드러내라!"

그러면서 그 비장방이라는 방술사가 지팡이를 허공에 치켜들며 무어라 중얼거렸다.

수현은 알아들을 수 없는 주문을 외우는 그 비장방을 한심하다는 듯이 바라보았다.

갑작스러운 그의 행동에 모두들 놀라워하다가 정신을 차린 순욱이 소리쳤다.

"이게 뭐 하는 짓인가!"

"이, 이럴 리가 없는데… 분명 죽은 귀신인데!"

"으하하하, 살아 있는 사람에게 죽었다고 하는 것을 보니 혹세무민할 자로구나! 네놈이 신선이라도 되었다는 것이냐!"

"신선은 아니지만, 내 신선의 가르침을 받았소이다! 그대는 분명 죽은 자이오!"

비장방의 그런 말에 수현은 뜨끔하였다.

그의 말처럼 자신은 후한 시대에 존재해서는 안 되는 인물이었다. 하지만 그런 사실을 어떻게 밝힐 수가 있겠는가.

"참으로 상종 못 할 곳이구나! 모두 돌아간다!"

그러면서 수현이 몸을 획 하니 돌리더니 계단을 내려가 버렸다.

"각하!"

순욱의 외침에도 수현은 멈추지 않았다.

흠차관을 따르는 이들 또한 불쾌하기는 매한가지였기에 미련 없이 발길을 돌려 관청을 나가려고 하는 순간이었다.

"멈추시오!"

갑자기 터져 나온 외침에 수현이 걸음을 멈추더니 뒤돌아보았다.

그러자 조당에서 내려다보고 있는 한 사내가 눈에 들어왔다.

그 사내는 서둘러 계단을 내려오더니 수현에게 정중하게 예를 올렸다.

"연주목 조조입니다. 제가 잠시 자리를 비운 사이에 흠차관 각하께 무례를 범했나이다. 너그러이 용서를 해주시지요."

수현은 자신 앞에 있는 조조를 뚫어져라 살폈다.

강인해 보이는 인상에 눈이 빛나는 조조였다.

"시대를 초월하는 영웅의 상이로군."

수현이 조조의 관상을 보고 초세지걸(超世之傑)이라고 평하자, 그를 따르는 순욱이나 곽가의 표정이 환하게 밝아졌다.

지금까지 조조는 조당 안에서 수현의 모습을 엿보고 있었다.

그러다가 자신이 초대한 방술사 비장방이 부적을 뿌리는 것에 화들짝 놀라고 말았다.

조조는 비장방이 귀신을 다스리고, 방술에 뛰어나다고 알려져 있었기에 놀랐다. 그런데 시간이 지나도 아무런 일도 생기지가 않았다.

그런 모습에 놀란 조조가 다급히 조당을 나가 관청을 나가려는 수현을 불러 세운 것이었다.

조조는 수현이 결코 평범한 인물이 아니란 생각에 극도로 조심스럽게 말했다.

"제가 자리를 비운 사이에 이런 일이 생겨 송구스럽습니다, 연회를 마련할 것이니 객청에서 잠시 쉬시지요."

"그리하지."

"문약, 어서 흠차관 각하를 객청으로 모시게."

"예."

흠차관이 순욱을 따라 객청으로 가는 것을 지켜보던 조조였다.

그러다 갑자기 몸을 획 돌리더니 굳은 표정으로 계단을 성큼성큼 올라갔다.

조조는 방술사 비장방을 죽일 듯이 노려보았다.

"저, 저는……."

짝!

무어라 말을 하려고 하였던 비장방의 **뺨**을 갑자기 세차게 때리는 조조였다.

"감히 네놈이 무슨 짓을 하였는지 아느냐!"

"저, 저는……."

"이놈이 그래도!"

짝!

짝!

조조는 연거푸 두 번이나 방술사 비장방의 **뺨**을 때려 버렸다.

얼마나 그의 **뺨**을 세차게 때렸는지 입술이 터져 입가에 선혈이 흘러나왔다.

"네놈이 신통하다고 하여 초대하였다! 그런데 흠차관을 모함하려고 이런 짓을 꾸며! 그러고도 네놈이 살기를 원하느냐!"

조조의 말에 방술사 비장방은 분기가 탱천하였다.

쿵!

갑자기 비장방이 들고 있던 지팡이로 계단을 세차게 내려찍었다. 그러더니 순식간에 부적을 허공에 뿌려 버렸다.

"아니!"

"사라졌다!"

모두들 갑자기 방술사 비장방이 사라지자 놀라서 주변을

두리번거렸다.

그때 관청의 지붕에서 방술사 비장방의 음성이 들려왔다.

"조 맹덕!"

"아니!"

"언제 저기로!"

사라진 방술사가 지붕에서 모습을 드러내자 모두들 놀라워하면서 그를 바라보았다.

"조 맹덕! 내가 비록 신선은 되지 못했지만, 신선의 가르침을 받은 몸이다! 저 흠차관이라는 작자는 현세에 존재하지 않는 죽은 자가 분명하다! 그대는 오늘 일을 반드시 후회할 것이다!"

그러더니 방술사 비장방은 다시 부적을 허공에 뿌렸고, 순식간에 그의 모습은 사라지고 없었다.

의미심장한 말을 남기고 홀연히 사라진 방술사 비장방이었다.

조조가 알고 있는 것처럼 조당의 뜰에 모여 있었던 사람들도 비장방의 방술이 대단하다는 것을 익히 알고 있었다. 그런 비장방이 흠차관을 두고 '현세에 존재하지 않는 죽은 자'라고 말한 것이 머리에서 지워지지가 않는 그들이었다.

방술사 비장방을 믿지 않으려 하여도 조금 전에 보여주었던 술법은 아무나 할 수 있는 것이 아니란 것은 삼척동자도 아는 사실이었다. 그런다고 비장방의 말을 믿자니 그것도 말이 되지 않는 상황이었다.

모두들 놀라서 멍한 표정으로 있을 때 조조의 곁으로 다가가는 곽가였다.

"주공, 아무래도 방술사의 말이 예사롭지가 않습니다."

"흐음……."

조조가 굳은 표정으로 가만히 있자 다시금 묻는 곽가였다.

"이대로 지켜보실 것인지요?"

"이보게, 봉효. 비장방의 말이니 나 또한 흠차관의 정체가 의심스럽네. 하나, 어찌 죽은 자가 버젓이 살아서 돌아다닐 수 있겠는가? 더구나 비장방 그놈이 자랑하던 부적조차도 흠차관에게는 통하지 않았네."

"저 역시 그 점이 의문입니다. 그럼 어떻게 하실 것인지요?"

"당분간은 지켜보는 것이 최선이라고 생각하네."

그러면서 조조는 천천히 계단을 따라 조당으로 올라갔다.

그러다 문득 수현이 무슨 말을 했는지가 궁금하여 뒤따르던 곽가에게 물었다.

"흠차관이 무슨 말을 한 것 같은데, 무슨 얘기가 오갔는가?"

"흠차관 각하께서 관상을 보아주셨습니다. 그런데 제가 단명할 상이라고 하더군요."

"뭐라! 단명한다고!"

놀란 표정으로 곽가를 바라보는 조조였다.

하지만 곽가는 마치 아무 일도 아니라는 듯이 덤덤하게 말하기 시작했다.

"사람의 수명은 하늘이 정하는 것입니다, 그깟 관상이 어떻게 사람의 수명을 장담하겠습니까. 그저 말을 만들어내기를 좋아하는 호사가들에게나 통할 법한 얘기에 불과하지요."

곽가는 그처럼 말하며 느긋하게 걸음을 옮긴다.

하지만 조조의 생각은 곽가와는 달랐다.

조조는 한때 기도위(騎都尉)라는 직책으로 반동탁 연합에 참가했었다.

후한의 중앙 관직에 있었던 조조였기에 태상(太常)이라는 관직이 있다는 것을 알고 있었다. 그리고 그 태상이라는 관직이 천문을 관측하고 역법과 제사를 담당하는 3품의 관직이며, 녹봉이 2천 석에 달했다는 것을 떠올리는 조조였다.

그런데 언젠가 그 태상이라는 관원도 곽가를 보고는 그처럼 말한 적이 있었다.

그런 만큼 조조는 곽가가 단명할 것이란 흠차관의 말이 뇌리에서 떠나지가 않았다.

곽가의 건강이 적정이 되면서도, 다른 이들의 관상은 어땠는지 궁금하여 물었다.

"다른 이들은 뭐라고 하던가?"

"저에게는 아비를 두 번 죽인 자를 조심하라고 하였습니다."

곁에서 함께 움직이던 하후돈의 말에 순간 여포가 떠올라서 반문했다.

"아비를 두 번 죽인 자라면 여포가 아니던가?"

"저도 그리 생각합니다."

"또 누가 흠차관에게 관상을 보았는가?"

그러자 조조를 경호하는 전위가 낮은 소리로 답을 했다.

"저도 관상을 보아주셨습니다."

"그대에게는 무어라 말을 하였나?"

과묵한 성격의 전위는 차마 자신의 입으로 수현이 남겼던 말을 할 수가 없어 머뭇거렸다.

그러자 곽가가 전위를 대신하여 답을 해주었다.

"악래 공은 훗날 주공을 대신하여 죽을 것이라고 하였습니다."

"그, 그런가……."

그러지 않아도 조조는 전위에게 자신의 경호를 맡길 정도로 신뢰가 두터웠다. 그런데 수현이 그처럼 말하였다는 것을 알게 되자 한층 전위를 신뢰하게 되었다.

"아! 중덕(정욱의 자) 자네에게도 뭐라고 말한 것 같았는데?"

"중덕 공은 우리들 중에 유일하게 천수를 누릴 것이라고 하였습니다."

곽가의 말에 조조는 더욱 흠차관이 평범하게 여겨지지가 않았다.

그러면서 흠차관에게 면박을 주려고 하였던 계획은 이미 실패했다고 보았다.

'이제 남은 것은 흠차관의 손을 잡을지를 결정하는 것인가……'

조당에 들어선 후에도 그런 고민을 계속하는 조조였다.

그리고 그런 고민을 여러 사람들이 있는 조당에서 허심탄회하게 털어놓았다.

*   *   *

그날 저녁.

유등이 환하게 어둠을 밝히고 있는 진류의 포구.

어디선가 들려오는 잔잔한 곡조에 맞춰 시를 읊는 여인의 음성이 포구 일대에 감돌았다.

여인의 낭랑한 소리가 들려오는 포구의 선착장에 정박한 한 척의 배가 보였다.

그 배는 후한 조정에 세금을 납부하는 용도로 쓰이는 대형

세곡선이었고, 주변에는 삼엄하게 경계를 서고 있는 경비병들이 보였다.

세곡선 갑판 한편에 있는 악공들의 연주 소리는 밤하늘을 가득 메웠고, 아름다운 무희들이 가무를 선보이고 있었다.

조조가 연회장의 상석에서 무희들을 지켜보다 그들을 향해 가볍게 손짓을 했다.

그러자 무희들과 악공들이 갑판에서 내려갔다.

반시진 정도 이어졌던 연회는 그렇게 끝이 났고, 조조가 곁에 있는 수현을 바라보며 물었다.

"흠차관 각하, 연회가 마음에 드셨는지요?"

"한여름의 무더위를 잊게 해줄 정도였네. 주목 덕분에 오랜만에 즐거운 한때를 보낸 것 같네."

"그리 말씀을 해주시니 감읍하옵니다."

수현은 연회가 끝나자 객청으로 돌아가기 위해 자리에서 일어나려고 하였다.

그런데 조조가 일어나지도 않고, 멍하니 서탁에 차려져 있는 음식을 뚫어져라 바라보고 있는 것이 아닌가.

"왜 그런가?"

"흠차관 각하, 여기에 차려져 있는 음식들은 농민들의 피와 땀의 결실입니다. 그런데……."

조조가 말을 못 하더니, 이제는 눈물마저 소리 없이 흘리는 것이 아닌가.

'캬! 역시 조조네, 연기 하나는 기가 막히게 하는구나. 뭣 모르는 놈이 보면 속기 딱 좋네.'

조조의 꿍꿍이가 훤히 보이자 속으로 비웃는 수현이었다.

치열한 경쟁 사회인 21세기 대한민국에서 자란 그였다. 그러기에 다른 사람은 속일지라도, 수현을 속이기에는 너무나 어설픈 수작이었다.

사전에 짜인 각본대로 조조가 말을 잇지 못하자, 순욱이 조심스럽게 말하기 시작했다.

순욱은 이런저런 이유를 들먹였지만, 결론은 연주에 식량이 부족하다는 것이었다.

'둔전이 실시되면 조조의 군량 사정이 해결될 수 있는데, 내가 미쳤다고 그런 것을 알려주겠냐!'

순욱의 말을 듣고 그처럼 생각하는 수현이었다.

원래의 역사대로라면 몇 년 후에 조조는 한호의 건의를 받아들여 둔전제(屯田制)를 실시한다. 둔전제를 시행한 덕분에 조조는 고질적인 식량 부족에서 벗어날 수 있게 되었다. 그리고 그것을 기반으로 하여 천하를 장악하는 토대를 다지게 되었다.

수현은 그런 사실을 알고 있지만, 조조에게 둔전제에 관한 것을 알려주고 싶지 않았다.

물론 언젠가는 조조가 둔전제를 실시하겠지만, 앞으로 몇 년은 지난 후의 일이다.

'물고기를 잡는 법이 아니라, 고기를 주지. 어디 달콤한 꿀에 취해봐라.'

내색은 전혀 안 하는 수현이었지만 그런 무서운 생각을 하였다.

조조에게 고기 잡는 법은 절대로 알려줄 생각이 없는 수현이었다.

그는 요동의 재정을 담당하는 막호발의 사위 태사자를 바라보았다.

"이보게, 자의."

"예, 각하."

"요동의 여유분에서 소금 1만 석을 쓰려고 하는데 가능하겠는가?"

"1만 석이라면……."

태사자가 소금 재고분을 계산한다고 생각에 잠겨 들어갔다.

조조는 일이천도 아니고 무려 1만 석의 소금을 아무렇지 않게 말하는 수현에 놀라고 말았다.

그나마 조조는 그런 내색을 하지 않았지만, 연회에 참석한 다른 이들은 그런 말에 술이 깰 정도로 놀라고 말았다.

잠시 계산을 하였던 태사자가 답을 했다.

"각하, 일만 석 정도면 언제든지 유용하실 수 있게 재고분이 남아 있습니다."

"그럼 요동에 연락하여 소금 1만 석을 북해로 보내라고 하게. 그리고 청주자사는 그에 해당하는 양만큼의 소금을 이곳으로 보내라고 지시를 내리도록 하고."

"예, 각하."

순식간에 소금 1만 석이 오고가자 놀란 표정으로 묻는 순욱이었다.

"각하, 혹시 1만 석의 소금을 저희에게 지원해 주시는 것인지요?"

"당연히 그러려고 꺼낸 얘기네. 왜 일만 석으로도 부족한가?"

"아, 아닙니다!"

"각하, 제가 한 말씀 올려도 되겠는지요?"

순욱 옆에 앉아 있었던 곽가의 말에 모두의 시선이 그에게로 쏠렸다.

수현은 말을 해보라는 듯이 고개를 살며시 끄덕거렸다.

"각하께서 저희에게 소금을 일만 석이나 지원을 해주시겠다고 하시니 그 은혜가 실로 크고, 무겁게 여겨집니다. 하나, 사람이 소금만 먹을 수는 없지 않겠는지요."

'아나, 곽가 저놈이 칼만 안 들었지 완전 날강도 심보네.'

수현이 생각하는 것처럼 연회에 참석한 사람들은 곽가의 그런 말이 소금은 물론이고, 식량도 지원을 해달라는 뜻으로 받아들였다.

무려 소금 1만 석을 무상으로 지원받는데도 성에 차지 않는 곽가였다.

"어험… 커험!"

곽가의 말을 들은 조조는 너무나 무안하여 연신 헛기침을 해댔다.

하지만 무안한 심정은 잠시였고, 수현이 식량까지 지원해 주기를 바라는 조조였다.

조조를 따르는 속관들은 수현이 이번에는 무슨 해결책을 제시할지 궁금하여 지켜보았다.

"이보게, 중덕(정욱의 자)."

"예, 흠차관 각하."

"봉효의 말처럼 당연히 사람이 소금만 먹고는 살 수 없지. 하나, 식량을 구입할 수 있는 대금으로는 지불이 가능하지. 아니 그런가?"

"지당하신 말씀이십니다. 하나, 근방에서 식량을 구하기가 매우 어렵습니다. 인근에 속한 예주는 작년부터 기근이 들어 유리걸식하는 자들이 넘쳐나고 있습니다."

"쯧, 쯧, 쯧! 이렇게 답답해서야."

"각하, 좋은 방안이 있다면 알려주시지요."

정욱이 그처럼 말하자 모두의 시선이 흠차관에게로 쏠렸다.

그럼에도 불구하고 수현은 밤하늘에 초롱초롱하게 빛나는 별을 느긋하게 바라만 보았다.

정욱이 재차 부탁을 하자 그제야 살랑살랑 흔들어대던 섭선을 접으면서 말했다.

"여기서 부족하다고 하여 다른 지역에서도 부족하다고 보는 것인가? 식량 사정이 좋은 곳으로 가서 구하면 될 것이 아니던가?"

그런 말에 정욱은 골몰히 생각을 해보았다.

그러나 지난 몇 년 동안 황건적의 난으로 인해 식량 생산이 급감하였고, 그로 인해 수현이 말하는 지역이 떠오르지가 않았다.

정욱은 아무리 생각을 해보아도 식량 사정이 좋은 지역이 떠오르지가 않았다.

"허허, 표정을 보니 답이 보이지 않는 모양이군?"

"부끄럽게도 그렇습니다. 지난 몇 년 동안 민란이 끊이지 않았습니다. 그 때문에 다른 지역도 식량이 부족하기는 매한가지입니다. 제 짧은 소견으로는 도무지 각하께서 말씀하신 지역을 알 수가 없습니다. 괜찮으시다면 제 좁은 안목을 넓혀주시지요."

여포가 연주를 공격했을 당시 홀로 그를 막아낸 정욱이다.

그만큼 노련한 정욱이었고, 조조도 그런 점을 인정하여 큰 상을 내릴 정도였다.

그런 정욱이 솔직하게 말하자 연회에 참석한 인물들은 신선한 충격을 받게 되었다.

그러면서도 한편으로는 정욱이 자신을 낮춰가면서까지 연주의 식량 부족을 해결하려고 한다는 것을 느낄 수 있었다.

정욱은 세상사에 미혹되지 않는다고 알려진 불혹(不惑)의 나이인 마흔을 한참이나 지나 지천명(知天命)에 이른 자였다.

세상 풍파를 다 겪은, 쉰 살이 넘은 정욱이 식량을 구할 수 있는 곳을 알려달라고 하자 조당에 있는 이들의 놀라움은 결코 작지가 않았다.

수현 역시도 그들처럼 놀랐지만, 자리가 자리인지라 내색하지 않고 조조에게 시선을 돌리며 말했다.

"연주목은 요동과 청주 지역이 본관이 다스리는 곳이란 것을 아는가?"

"물론 알고 있습니다."

"그럼 한때 식량 사정이 어려웠던 청주 지역이 본관이 통치한 후부터 사정이 좋아졌다는 것도 아는가?"

"그, 그렇습니까? 금시초문입니다."

조조는 그런 말에 내심 놀란다.

어떻게 했기에 단시일에 청주 지역의 식량 사정을 호전시켰는지 너무나 궁금한 그였다.

그러나 조조는 명색이 한주를 통치하는 주목(州牧)이다. 자신의 입으로 그런 것을 물었다는 것은 누워서 침 뱉는 격이란 것을 알기에 가만히 지켜만 보았다.

그러자 수현이 또다시 놀라운 말을 아무렇지 않게 내뱉는다.

"청주자사는 북해에 연락하여 이곳에 식량을 지원하게."

"어느 정도로 지원을 하여야 하는지요?"

"이보게, 주목. 백미 오천 석을 지원하면 어느 정도는 숨통이 트이겠는가?"

"오, 오천 석을 지원하시겠다는 것입니까! 그것도 백미로!"

오늘날에도 그렇지만 후한 시대에도 최고의 곡식은 단연코 백미(白米)였다.

아무리 조조가 내색하지 않으려고 하여도 백미를 무려 5천 석이나 지원을 해주겠다고 하니 넋이 나가 버린 사람처럼 변했다.

수현은 소금 1만 석과 백미 5천 석을 지원하라는 지시를 그 자리에서 내려 버렸다. 실로 엄청난 금액을 아무렇지 않게 말하는 흠차관이었고, 그런 그의 모습에 조조를 비롯한 그의 속관들은 놀라서 멍하니 바라만 보았다.

조조는 그동안 고민하였던 식량 부족 문제가 일시에 해결되자 자리에서 일어나 정중히 인사할 정도였다.

그런 조조를 보면서도 수현은 이까짓 것은 자신에게 아무것도 아니라는 듯이 허세를 부리기 시작했다.

"앞으로 식량이 부족하면 언제든지 청주자사에게 도움을 청하게. 그대의 부탁을 가장 먼저 처리하라고 지시를 내려둘 것이네. 그럼 앞으로 식량 구입에 그다지 어려움이 없을 것이네."

"감사합니다, 흠차관 각하!"

조조는 흠차관 진수현의 그런 말에 입가에 환한 웃음꽃이 피어났다. 그는 마치 천군만마를 얻은 것과도 같았기 때문에 대단히 기뻐했다. 고질적인 식량 부족 사태에서 벗어날 수 있게 되었으니 조조의 그런 반응은 당연한 것이었다.

하지만 곽가는 전혀 기쁘지가 않았다.

'허, 이거 혹을 떼려다가 오히려 혹을 붙여 버리고 말았구나……'

곽가는 자신이 흠차관에게 식량 사정을 들먹인 것은 당연히 무상으로 지원을 받을 수 있기를 바라는 마음에서 비롯되었다. 지극히 단순하게 그런 생각을 해버린 곽가였다.

그런데 흠차관은 식량을 구입할 수 있는 길을 알려주었다.

수현의 얘기를 듣는 순간 곽가는 마치 둔기로 뒤통수를 제대로 맞은 기분이었다.

'호의가 계속되면 그것이 당연한 것으로 착각하게 된다! 흠차관은 그것을 노리는 것이 아닌가!'

아무리 어렵더라도 식량의 자급자족은 반드시 이룩해야 하는 과제다.

그런데 한순간 자신의 잘못된 판단으로 그런 기회를 날려버리고 말았다는 생각이 머리에서 사라지지가 않았다.

곽가는 그렇게 생각을 하면서 주변을 둘러보았다.

역시나 하나같이 흠차관의 지원에 기꺼워하는 모습이 아닌가. 심지어 자신이 섬기는 주군마저도 흠차관의 농간에 취해버린 모습이었다.

그런 곽가를 유심히 바라보는 수현이었다.

'호오, 역시 곽가는 다르구나… 그러게 욕심이 지나치면 오히려 독이 되었다는 것을 이번에 깨달았겠지.'

수현은 자신의 속내를 간파한 곽가를 보며 입가에 엷은 미소를 띠웠다.

촤아악!

그러면서 들고 있던 섭선을 활짝 펼치더니 살랑살랑 흔들어댔다.

그런 모습을 발견한 곽가는 갑자기 등골이 서늘해졌다.

'흠차관은 실로 무서운 자다. 칼 한번 휘두르지 않고, 피 한 방울 흘리지 않고 연주 전체를 자신의 편으로 만들어버리는구나……'

식량 자립이 불가능하다면, 향후 조조가 통치하는 연주는 흠차관에게 예속될 수밖에 없다는 것을 간파하는 곽가였다.

그런다고 이런 사실을 밝힐 수도 없었다.

자신이 먼저 식량 사정의 어려움을 말했기에 이제 와서 거절할 명분이 없었다.

더구나 흠차관의 지원으로 그동안 지독히도 괴롭혔던 식량 부족 사태에서 벗어날 수 있게 된 것은 사실이기 때문이었다.

이런 내막을 밝히기에는 자존심이 허락하지 않는 곽가였고, 할 수 있는 것이라고는 고개를 돌려 흠차관의 시선을 외면하는 것이 전부였다.

제8장
호치(虎癡), 허저를 만나다

며칠 후.

이른 아침에 출발한 흠차관 진수현은 마침내 연주와 예주의 경계에 도착하였다.

길가에 덩그렇게 있는 경계석이 지금 수현이 있는 곳이 주의 경계라는 것을 알려주었다.

연주목(兗州牧) 조조는 직접 호위 병력을 이끌고 이곳까지 따라왔었다.

휘이잉!

휘잉!

끝이 보이지 않을 정도로 펼쳐진 드넓은 평야에는 한여름의 햇살 아래 벼가 무럭무럭 자라고 있었다.

수현은 간간이 불어오는 바람에 이리저리 흔들리는 벼를 바라보았다.

"각하."

조조의 부름에 끝이 보이지 않을 정도로 펼쳐져 있는 논을 바라보던 수현이 고개를 돌렸다.

그러자 조조가 손을 들어 길가에 있는 경계석을 가리키며 말했다.

"지금부터는 예주에 속하는 언릉현입니다. 끝까지 각하를 모셔야 하는데 그러지 못함을 용서하시기 바랍니다."

"여기서부터는 내가 알아서 가겠네. 호위한다고 수고하였네."

"당연한 일입니다. 그보다 작년에 예주 일대에 기근이 들어 분위기가 어수선합니다."

"알겠네, 걱정하지 말고 그만 돌아가 보게."

조조는 공손히 예를 올리더니 진류로 돌아갔다.

말을 몰아 빠르게 내달린 끝에 연주 진류군에 속한 위지현에 도착했다.

위지현의 관청이 있는 곳으로 향하는 중에 조조의 곁에서 따라가고 있었던 정욱이 입을 열었다.

"주공, 개봉으로 언제 출발하실 건지요?"

"이곳에서 사나흘은 쉬고 길을 떠나세."

"알겠습니다."

조조는 진류와 인접해 있는 개봉현을 들먹이는 정욱을 의미심장하게 바라보았다.

정욱은 사태를 꿰뚫어 보는 안목이 뛰어난 인물이었다.

그런 정욱이라면 굳이 개봉현으로 가는 것을 물을 필요도 없이 알아서 준비할 것이라고 생각한 조조였다.

"이보게, 중덕. 하고픈 말이라도 있는 것인가?"

말 위에서 느긋하게 조조를 따라가던 정욱은 그런 물음에 뒤돌아보았다.

정욱은 흠차관이 떠나간 언릉현이 있는 곳을 잠시 바라보다가 정면으로 시선을 돌리며 말했다.

"주공께서 마음만 먹는다면 얼마든지 예주로 들어가실 수 있지 않으셨는지요?"

"역시, 그것이 궁금하였군."

"그렇습니다."

"주공, 저도 궁금합니다. 왜 돌아오신 건지요?"

말없이 따르던 곽가도 정욱과 같은 생각을 하고 있었는지 그처럼 말했다.

그러자 조조의 입가에 조소가 생겨났다가 순식간에 사라

졌다.

당연히 정욱이나 곽가는 말을 타고 있어 조조의 그런 표정 변화를 알 수는 없었다.

"병법에 이르기를 적을 몰아세우지 말라고 하였지. 자네들 정도라면 내 뜻을 충분히 알 것이라고 믿네."

정욱은 조조의 그런 말에 내심 놀라고 말았다.

자신도 흠차관을 경계해야 한다고 생각을 해오고 있었다. 하지만 조조처럼 수현을 적으로 여기지는 않았었다.

그런데 조조는 마치 수현이 적이라도 된 것처럼 말하는 것이 아니가.

곽가 역시도 조조의 그런 말에 놀라지 않을 수가 없었다.

'소리장도(笑裏藏刀: 웃음 속에 칼날을 품다)이구나. 대체 주공은 흠차관을 통해서 무엇을 얻기를 원하는 것이지……'

곽가는 아무리 생각을 해보아도 조조가 바라는 것이 무언지 알 수가 없었다. 마음 같아서는 당장 묻고 싶었지만, 언젠가 때가 되면 밝힐 것으로 생각했다.

*   *   *

그 무렵 수현은 예주(豫州) 영천군(潁川郡)에 속하는 언릉현의 관청으로 향하는 중이었다.

예주의 다른 지역과 달리 언릉현은 조조가 통치하는 연주와 인접한 도시였다.

그런 이유로 조조의 병사들이 인근에 주둔하면서 만일의 사태에 대비하고 있었다. 덕분에 언릉은 나름 치안이 유지되고 있는 듯이 보였다.

본래 수현은 되도록 관청에는 들리지 않고 장안까지 가려고 했었다.

하지만 예주 일대에 기근이 들고, 도적들이 창궐한다는 조조의 말에 계획을 수정하였다. 그래서 예주를 벗어날 때까지는 안전한 관청을 이용하기로 하였다.

수현과 그 일행들이 언릉현의 관청 앞에 도달했을 때였다.

"이놈들아! 비켜!"

"안 된다고 하지 않았소!"

"내가 죽인 놈에게 왜 현상금이 붙지 않았다는 것이냐! 당장 비켜!"

수현은 관청의 정문 앞에서 거구의 사내와 병사들이 실랑이를 벌이는 장면을 보게 되었다.

무슨 내막인지는 모르지만 거대한 체구의 사내는 어떻게든 안으로 들어가려고 하는 것 같았고, 반대로 정문을 지키는 병사들은 그 사내의 진입을 막기 위해 몸으로 가로막고 있었다.

"모두 물러나라!"

그때까지 병사들이 하는 모습을 말없이 지켜보던 다른 병사가 버럭 소리쳤다.

그러자 병사들이 그 사내를 바라보며 물러났다.

그러면서 그들은 속삭이듯이 빠르게 말했다.

"조장님, 힘이 보통내기가 아닙니다. 이러다 탈나는 것이 아닙니까?"

"지켜만 봐라."

병사들이 조장으로 부른 사내는 천천히 건장한 체구를 가진 사내에게로 걸어갔다.

그러자 그 조장을 발견한 사내가 버럭 소리쳤다.

"현상금을 주시오! 왜 현상금을 줄 수 없다고 하는 것이오!"

"어허, 이 사람아. 현상금은 말 그대로 현상금이 걸린 자에게만 지급이 되었다고 말하지 않았나. 자네가 머리를 가져온 놈에게는 현상금이 걸려 있지 않았어! 그러니 그만 돌아가게."

"그게 말이 되오! 무려 일만이 넘는 도적 떼의 두령이었소! 그런 자에게 현상금이 없다니! 그 말을 지금 나보고 믿으라고 하는 소리요!"

그러자 그 조장이란 사내의 표정이 굳어져 갔다.

그는 잔뜩 표정을 일그러뜨리더니 호통을 쳤다.

"정녕 네놈이 관아로 들어가서 경을 쳐야 정신을 차리겠느냐! 이곳이 어딘 줄 알고 그런 망발을 지껄여!"

"하지만!"

조장이 허리춤에 있는 전낭에서 오수전(五銖錢) 몇 개를 꺼내더니 땅바닥에 내던져 버렸다.

"그거 가지고, 그만 돌아가라!"

"이게 뭐야! 내가 거지야!"

"이놈이 한번 해보겠다는 것이냐!"

조장이 노려보자, 체구가 좋은 그 사내는 주변에 있는 병사들의 눈빛이 사나워지는 것을 느낄 수 있었다.

사내는 바닥에 내던져진 동전 몇 개를 보고는 참을 수가 없었는지 씩씩거리며 병졸들을 노려보았다.

그러자 수현을 호종하던 장합이 다급히 말했다.

"각하, 저러다가 호되게 당하겠습니다. 아무래도 저 관졸들이 작당을 하고 현상금을 빼돌린 것 같습니다."

"현상금을 빼돌리다니? 그게 무슨 말인가?"

"제가 예전에 흑산적의 두령 좌자장팔이란 자를 죽인 적이 있었는데……."

장합은 한복의 휘하를 떠나 유주의 황숙 유우를 찾아가는 도중에 흑산적의 두령 좌자장팔을 죽인 적이 있었다. 그리고 그 두령의 머리를 가지고 관청으로 가서 현상금을 받았었다.

그때 지금처럼 저렇게 현상금을 빼돌리는 관졸들이 있다는 것을 알게 되었다고 수현에게 말했다.

장합의 그런 설명이 끝나자 이번에는 곁에 있던 태사자가 다른 의견을 내놓았다.

"착복한 것이 아니라면 흑산적들이 현상금을 타지 못하도록 하는 수법에 당한 것일 수도 있습니다."

"그런 수법도 있는가?"

"예, 제가 한때 동래군의 관리였습니다. 그때 그런 말을 들은 기억이 납니다."

태사자는 관청의 정문을 지키는 병사들에게 험악한 표정을 내보이는 허저를 보면서 계속 말을 이어갔다.

"분명 저자가 죽인 도적들의 두령에게 현상금이 붙었을 겁니다."

그러자 이번에는 감녕이 입을 열었다.

"각하, 태행산을 장악하였다는 장우각이라는 두령도 실은 그가 죽자 다른 놈이 그의 이름을 물려받은 것으로 추측을 하고 있습니다."

"그렇습니다, 그 때문에 저자처럼 두령을 죽여도 확인할 방법이 마땅히 없습니다. 그러니 진짜로 현상금이 붙었다고 하여도 받기가 매우 어렵습니다."

태사자가 그처럼 말하자 수현은 살며시 고개를 끄덕거렸다.

용모파기라도 제대로 있는 현상범이라면 문제가 없을 것이 지만 그러지 못하다면 난감한 상황이라고 보았다.

수현은 설명을 들으니 여러모로 지금의 상황이 충분히 납득이 되었다.

그것을 아는지 병사들과 대치하였던 그 체구 좋은 사내가 힘없이 자리를 떠났다.

수현은 고개를 숙이고, 땅이 꺼져라 한숨을 내쉬는 그 사내를 물끄러미 바라보았다.

어느덧 그 사내가 가까이 다가오자 나지막하게 불렀다.

"이보시오."

그 사내가 수현의 부름에 고개를 드는데 바로 여남을 떠났던 허저였다.

수현은 허저를 가까이서 보니 결코 평범한 인물은 아니란 생각을 하면서 물었다.

"보아하니 일이 뜻대로 되지 않은 것 같은데, 어디 출신이시오?"

"예주 여남에 있는 허가장의 허저라고 하오만, 뉘시오?"

허저는 말 위에서 내려다보는 수현이 좀처럼 보기 힘든 고급스러운 옷차림인 것이 예사롭지가 않아서 조심스럽게 반문했다.

수현은 사내가 평범한 인물은 아니란 생각을 하였지만 놀랍게도 허저일 줄은 예상하지 못했다.

그런 놀라움 때문에 허저를 찬찬히 훑어본다.

신장은 자신과 비슷한 180㎝ 정도였고, 체구는 일반인의
두 배 정도는 되어 보였다.

체구가 거대하여 둔해보일지도 모르지만, 몸 곳곳에 우람
한 근육이 보이는 것이 힘이 장사란 기록이 사실처럼 여겨지
는 수현이었다.

'이상한데, 저런 자를 왜 호치라고 하였지……'

호치(虎癡)!

허저의 별명이 호치였는데, 여기서 사용한 치(癡)라는 글은
'어리석다, 멍청하다'라는 뜻이다.

즉, 글자 그대로 해석하면 허저는 힘은 장사이지만 어리석
은 위인이라는 뜻이다.

하지만 수현은 눈앞에 있는 허저를 보면서 호치라는 그의
별명이 그런 뜻이 아니라고 보았다.

아마도 허저의 탁월한 완력과 우직한 성품 때문에 호치라
고 불린 것으로 여기는 수현이었다.

'융통성이 없다 보니 그렇게 불릴 수도 있겠구나.'

허저의 우직한 성품이라면 일견 그처럼 불릴 수도 있겠다
고 생각한 수현이 환하게 웃어 보였다.

그러나 수현을 바라보는 허저는 기분이 당연히 좋을 리가

없었다.

"이보시오! 왜 사람을 보면서 그리 웃으시오! 에잇!"

기대하였던 현상금을 받지 못할 판국이라 울화통이 터질 것만 같은 허저였다. 그런 와중에 생판 처음 보는 사람이 자신을 보고 실실거리며 웃으니 누가 좋아할 수 있겠는가?

더구나 상대가 기부(妓夫: 기생의 뒷배를 봐주는 기생 서방)처럼 곱상한 외모를 가졌다면 더욱 그러할 것이다.

허저는 더 이상 수현과 엮이는 것이 달갑지가 않아 가는 길을 재촉하려고 움직였다.

그런데 수현이 마치 어미를 따르는 고양이처럼 허저를 졸래졸래 따라가는 것이 아닌가.

앞서가던 허저는 자꾸만 뒤통수가 따끔거리는 것만 같아서 신경이 쓰일 수밖에 없었다.

허저는 애써 무시하려고 하였지만, 얼마 가지도 못한 채 제 성질을 이기지 못하고 몸을 획 하니 돌리며 수현을 바라보았다.

"대체 왜 날 따라오는 것이오!"

"어허, 이 사람아. 이 길을 자네가 전세라도 냈는가?"

"끄응!"

허저는 대로를 오가는 많은 사람들이 보이자 마땅히 할 말이 떠오르지가 않았다.

수현은 이쯤에서 장난을 멈추어야겠다고 생각하면서 말했다.

"잠시 시간 좀 내어주시겠는가?"

"왜 그러시오?"

"그야 할 말이 있어서 그러지. 잠깐이면 된다네. 저기 객잔에 들어가서 술이라도 한잔하겠는가?"

"술!"

술이라는 말을 듣자 허저의 표정이 단번에 변해갔다.

앉은 자리에서 말술을 기본으로 마시는 허저였다. 더구나 관청에서 허탕만 치고 돌아가는 길이 아니던가. 그러다 보니 술 생각이 절로 나는 그였다.

자신도 모르게 연신 혀로 입술을 핥는 허저였고, 그런 모습에 씽긋 웃더니 객잔으로 들어가는 수현이었다.

"뭐 하는가. 따라오지 않고."

그러자 허저는 망설임 없이 그를 따랐다.

그런 모습을 말없이 지켜보았던 수현의 일행들도 객잔으로 들어갔다.

그런데 그런 모습을 길가의 약장수가 유심히 지켜보는 중이었다.

그 사람은 조조에게서 뺨을 3대나 맞고 진류에서 사라진 방술사 비장방이었다.

"흠차관이 왜 여기에 나타났지……."

그는 객잔을 바라보면서 그처럼 중얼거렸다.

한때 비장방은 신선 호공(壺公)을 스승으로 섬긴 적이 있었다.

비장방은 신선이 되고자 수련하였던 자였다. 하지만 그 뜻을 이루지 못하고 환속하게 되었다.

그 후 비장방은 스승에게서 배운 여러 술법 덕분에 상당히 유명한 인사가 되었다.

비장방은 언릉현에서 여비나 마련하려고 약을 팔다가 우연히 수현을 보게 되었다. 그를 보자마자 조조에게 뺨을 맞은 것이 떠올랐지만, 무엇보다 자신의 술법이 통하지 않았던 것이 궁금하였다.

"분명 귀신인데! 참으로 괴이하구나……."

자신이 보기에 수현은 현세에 존재할 수 없는 죽은 자가 분명하였다. 죽은 귀신임에도 자신의 부적술이 통하지 않으니 궁금하지 않을 수가 없는 비장방이었다.

잠시 수현이 들어갔던 객잔을 뚫어져라 바라보다 무언가 결심을 했는지 좌판을 정리했다.

그가 등짐을 메고 한 걸음을 내딛자 순식간에 주변 풍경이 빠르게 지나쳤다.

그런 식으로 순식간에 다섯 걸음을 옮기자 그의 모습을 객잔의 지붕에서 볼 수가 있었다.

"반드시 네놈의 정체를 밝혀주마!"

그러면서 객잔의 기와를 뜯어내더니 손을 집어넣었다.

비장방이 알아들을 수 없는 괴상한 주문을 잠시 외운 후에 손을 꺼내는데 놀랍게도 쥐가 한 마리 잡혀 있었다.

그는 잡힌 쥐의 등에 빠르게 부적을 그리더니 뜯어냈던 기와 구멍에 놓아주었다. 그러고는 느긋하게 객잔의 지붕 위에 드러누웠다.

한편, 객잔 안.

허저와 이런저런 얘기를 나누고 있는 수현이 보였다.

수현은 시간이 지남에 따라 허저가 무슨 이유로 이곳 언릉현에 오게 되었는지를 알게 되었다.

"이보게, 허 장사."

"예, 흠차관 각하."

"현상금을 받아서 무엇을 하려고 그랬나?"

허저는 수현이 천자를 대신한다는 흠차관의 신분이라는 것을 알게 되자 지극히 공손한 태도로 답했다.

"작년부터 예주 일대에 극심한 기근이 들었습니다. 저는 현상금을 가지고 연주에서 식량을 구하려고 하였습니다. 그런데 일이 어렵게 되었습니다."

"예주에 기근이 들어 형편이 어렵다고 하던데? 소상히 말해 보게."

"휴우! 말로는 설명하기가 어려울 정도로 처참한 지경입니다. 굶주린 부모가 입 하나라도 덜려고 자식을 파는 것은 예사입니다. 소문에는 아이들을 잡아먹는 부모들도 있다고 합니다."

그런 말에 수현을 비롯한 그의 일행들의 표정이 굳어졌다.

모두들 예상은 했었지만 이정도로 심각할 줄은 몰랐다는 표정이 역력하게 보였다.

수현이 잠시 고민을 하다 곁에 앉아 있는 군사 유엽에게로 시선을 돌리며 물었다.

"이보게, 유 군사. 현재 예주자사가 누구인가?"

"그것이 지금은 공석입니다."

"공석이라니?"

"원술이 예주자사였던 주흔을 죽인 후로 아직 후임자가 없습니다."

"자세히 말해보게."

"그러니까……."

본래 원술은 손견과 협력하여 형주를 차지하려고 했었다.

형주로 가기 전에 원술과 손견은 예주자사 주흔을 패퇴시켰고, 그 여세를 몰아 형주를 공략하기에 이르렀다.

하지만 손견이 유표의 부하 황조의 화살에 전사하는 바람에 뜻대로 되지가 않았고, 오히려 원소와 유표가 협력하여 공격을 해오자 버티지 못하고 도망치게 되었다.

양주에서 재기에 성공한 원술은 이후 서주백(徐州伯)으로 자칭하게 되었다.

수현은 고개를 살며시 끄덕거리며 경청하다가 궁금한 것이 있어 물었다.

"그런데 왜 원술은 예주를 버리고 양주로 도망쳤는가?"

"예주자사 주흔과 조조는 상당한 친분이 있었습니다. 조조가 동탁에게 패하여 병사들이 부족할 때 주흔이 그런 조조에게 오천에 달하는 병력을 지원해 준 적이 있었습니다. 그러니 원술이 예주를 차지해 봐야 조조가 부담이 되는 것이지요."

유엽의 설명대로 조조와 주흔은 상당히 우호적인 관계였다.

정욱 또한 그런 점을 알고 있었고, 수현을 예주의 경계까지 배웅하고 돌아오는 길에 조조에게 그런 점을 거론하였다.

조조는 자신이 예주에 들어갔다고 하여도 제지할 이가 없다는 것을 알고 있었다. 그런데도 수현과 더 이상 함께하지 않은 것에는 그만한 이유가 있었다.

극심한 기근에 시달리고 있는 곳이 예주다.

그런 곳에 괜히 들어가 봐야 얻을 것이 없다고 보는 조조였다.

그러면서 조조는 자신도 어쩌지 못하는 예주라면, 흠차관인들 별수 없을 것이라고 보았다. 내심 흠차관이 예주에서 망신을 당하기를 바라는 마음이었다. 그래야 자신의 명성이 올라간다고 보았다.

조조의 흑심을 알 리가 없는 수현은 걱정스러운 표정으로 중얼거리듯이 말했다.

"이것 참… 예주가 상당히 복잡하게 얽히고설킨 지역이군."

"그렇습니다. 더구나 지금 천자를 끼고 권력 다툼을 벌이고 있는 이각과 곽사인지라 예주에는 관심을 두지 못하는 실정입니다."

"설상가상이군."

군사 유엽의 설명이 끝나자 수현은 예주의 상황이 일목요연(一目瞭然)하게 정리가 되었다.

지역을 통치해야 하는 자사가 없으니 당연히 제대로 관리가 되지 않을 것이란 생각이 들었다. 그러면 자연히 관리들의 부정부패밖에 남는 것이 없다고 보는 그였다.

설명을 들은 태사자가 자신의 생각을 밝혔다.

"각하, 예주의 혼란은 수장인 자사가 공석이기 때문에 발생하였다고 봅니다. 한시라도 빨리 자사를 임명하셔야 합니다."

"그렇습니다. 형님께서 자사를 임명하시지요."

"나 또한 그리 생각하네. 혹여 자사에 합당한 이가 있는가?"

"젊고, 유능한 인재를 자사에 임명하시지요."

"젊고, 유능한 인재라……."

조운의 말에 곰곰이 생각을 해보는 수현이었다.

하지만 하급 관리도 아니고, 일개 주를 통치해야 하는 막중한 자리인 자사에 어울리는 인물이 떠오르지가 않았다.

"연치가 있는 자들 중에서 유능한 인재를 찾아보면 있겠지만, 젊은 자들 중에 그만한 인물이 있을까?"

"형님, 제가 젊은 자를 자사로 임명하자고 한 이유는 부정부패가 걱정되기 때문입니다."

"어려운 일이군. 젊은데 유능해야 하다니……."

그런 모습을 묵묵히 지켜보고 있던 허저가 조심스럽게 말을 꺼냈다.

"제가 그런 분을 알고 있습니다."

"그래? 그자가 누군가?"

"실은 제가 도적들을 막아낼 수 있었던 것도, 두령의 머리를 가지고 이곳에서 현상금을 받으려고 한 것도, 모두가 그분의 말씀에 따랐기 때문에 가능했습니다."

허저의 그런 말에 수현은 놀란 표정으로 바라보았다.

다른 이들이야 허저에 대해서 알지 못하기에 그러려니 하였다.

하지만 수현은 그들과는 달랐고, 지금 이 자리에 있는 사람들 중에서 그를 가장 잘 알고 있었다.

허저의 설명을 듣고 나자, 수현은 그동안 무언가 이상하다고 여겼었던 것이 자연스럽게 풀리게 되었다.

'우직한 허저라면 전투에 능할지는 모르지만 야밤에 도적들의 두령을 죽이고, 현상금을 타려고 한 것이 이상하였다. 그런데 그 모든 것이 누군가의 계책이었다니… 대체 허저에게 그런 계책을 알려준 이가 누구지.'

수현은 그런 생각을 하면서 허저가 말하는 이가 누군지 너무나 궁금하였다.

"그자에 대해 소상히 말해보게."

"그분은 내후년이면 이립이 되고, 젊은 시절에는 격검의 명수였습니다. 어릴 때 곤욕을 치르더니 학문에 뜻을 세웠지요. 지금은 형주에 있는 사마휘 선생님의 제자로 있습니다."

"수경 선생의 명성은 나도 익히 들었네, 자네가 말하는 그 사람은 대체 누군가?"

"예주 영천군 출신인데, 이름은 서복이라고 합니다."

"서복?"

"그렇습니다."

그러면서 허저는 서복이라는 그자가 고향 집에 계시는 모친을 만나고 형주로 돌아가는 길에 도적들의 소식을 듣게 되었다고 말했다. 그러면서 서복이 마을에 머물며 자신에게 계책을 알려주었고, 그 덕분에 도적들을 물리치게 되었다고 하였다.

수현은 그런 설명을 들으면서 곰곰이 자신의 기억을 더듬어 보았다.

물론 자신이 사마휘의 제자 모두를 알고 있지는 않았다.

그래도 사마휘의 제자들 중에 유명하였던 서서, 방통, 맹건, 석도, 제갈량의 이름은 기억하고 있었다. 그런데 아무리 기억을 더듬어 보아도 서복이라는 이름은 너무나 낯설었다.

'대체 누구이기에 허저에게 저런 계책을 알려주었지… 서복이라… 서복… 아!'

수현은 가만히 서복이라는 이름을 생각하다 갑자기 머리를 강타한 것처럼 떠오른 인물이 하나있었다.

'서서다! 서복이 말년에 개명을 했다고 하였는데 그 이름이 서서였어!'

수현은 그제야 서복이 누군지를 명확히 파악하게 되었다. 그러면서 서서와 관련한 일화를 상기해 보았다.

서서가 유비를 따를 때였고, 그의 계책에 호되게 당한 조조였다.

조조는 유비의 책사로 있는 서서의 존재를 알게 되자 그의 노모를 인질로 붙잡았다.

조조의 가짜 편지를 받은 서서는 노모가 걱정이 되어 유비를 떠날 수밖에 없었다. 그러면서 유비에게 제갈량을 소개해 주었다.

'조조가 서서의 노모를 인질로 붙잡을 수 있었던 것은 그의 고향이 허창과 가까운 곳이기 때문이었다. 그렇다면 고향집에 들렀다가 형주로 돌아가는 길에 허저를 도와줄 수도 있었겠지!'

그런 생각이 들자 왜 서서가 허저를 도와주었는지 납득이 되는 수현이었다.

그는 뜻하지 않게 서서를 만나게 되었다는 생각에 잠시라도 자리에 있을 수가 없을 정도로 흥분이 되었다.

"허 장사, 내일 날이 밝으면 자네를 도와주었다는 그 사람을 만나러 가야겠네. 그리할 수 있겠는가?"

"그러고는 싶지만 식량을 구하지 못해서 어떻게 해야 할지를 모르겠습니다."

"식량을 구하는 일이라면 내가 도와주겠네. 예주 인근에 있는 서주는 물산이 풍부한 곳이네. 그곳에서 식량을 구하면 될 것이네."

수현은 그처럼 말하면서 청주자사 감녕을 바라보았다.

"자사, 가능하겠는가?"

감녕은 서주에 강과 호수가 곳곳에 있어 오래전부터 어미지향(魚米之鄕)으로 불릴 정도로 물산이 풍부한 곳이라는 것을 알고 있었다.

"서주에는 하비로 불리는 곡창지대가 있습니다. 그곳이라면 식량을 구할 수 있을 것 같습니다. 각하께서 염장용으로 쓸 수 있게 소금을 지원해 주신다면 내륙이라 하여도 물고기를 운반할 수도 있습니다."

"아! 염장! 그것이 있었지! 자네는 즉시 서주자사에게 사람을 보내어 내 뜻을 전하도록 하게. 식량을 여남까지 가져오면 대금은 요동은행에서 발행한 환으로 지급한다고 하게."

"예, 그렇게 하겠습니다."

감녕은 요동에 있는 은행에서 발행한 환이 신용도가 좋기 때문에 서주자사가 믿고 식량을 보내줄 것이라고 생각하여 그처럼 흔쾌히 답을 하였다.

"이보게, 허 장사. 이렇게 하면 내일 고향으로 돌아갈 수 있겠는가?"

"예! 감사합니다! 흠차관 각하!"

현상금을 받지 못해서 막막했던 허저는 수현이 그처럼 도움을 주자 표정이 환하게 밝아지며 인사를 했다.

그렇게 내일 여남으로 길을 떠나기로 결정이 되었다.

*　　　*　　　*

한편, 그 무렵 객잔의 지붕에 있는 방술사 비장방.

달밤에 지붕 위에서 가부좌를 한 채로 있는 그였다. 마치 죽은 듯이 가만히 있다가 수현이 자신의 숙소로 들어가자 나지막하게 소리쳤다.

"회(回)!"

양손을 괴상한 형태로 수인을 맺고 있던 그의 외침이 터져 나왔다.

그러자 그때까지 객잔의 쥐구멍에 숨어서 수현과 그 일행들을 지켜보고 있었던 쥐가 빠르게 벽을 타고 올랐다.

그 쥐는 능숙하게 벽과 대들보를 타고 움직였고, 어느새 비장방이 있는 지붕의 구멍으로 빠져나왔다.

비장방은 쥐를 움켜잡더니 놈의 등에 그려두었던 부적을 손바닥으로 지워 버렸다.

"수고하였다. 그만 가서 친구들하고 놀아라."

쥐를 놓아주며 그처럼 말하자 놈은 순식간에 구멍으로 사라졌다.

비장방은 객잔의 지붕에 모로 드러눕더니 오른팔로 머리를 괴었다.

"흐음……."

발을 까딱까딱거리며 생각에 잠겨드는 그였다.

"놈을 어찌하나……."

수현을 두고 선뜻 결정을 내리지 못하는 것이 답답한지 그는 허리춤에 있던 술병을 풀어내어 홀짝거리기 시작했다.

"꺼억!"

비장방은 거침없이 트림을 내뱉더니 달을 바라보면서 중얼거렸다.

"보아하니 악귀는 아닌 것 같고, 진짜 알 수가 없는 놈이구나."

쥐를 통해 흠차관 진수현이 식량을 구해 여남의 기근을 해결하려고 했다는 것을 모두 보고 들었다.

자신이 비록 신선은 되지 못했지만, 그래도 스승인 호공(壺公)의 가르침은 잊지 않고 지키려고 하였다.

"귀신이라면 당연히 소멸시켜야 하는데… 귀신은 아닌 것 같고……."

그렇게 술을 마시며 중얼거리다 보니 어느새 술병이 비어버렸다.

비장방은 혀를 내밀어 술병에서 떨어지는 몇 방울이라도 마시려고 하였지만, 그마저도 순식간에 끝나 버렸다.

"쩝! 아쉽네. 또 하루를 기다려야 하는구나."

비장방은 스승이 남긴 기물인 술병을 아쉬운 눈빛으로 바라보았다.

본래 그의 스승 호공은 신선이었는데, 죄를 지어 인간 세상에서 유배 중이었다. 그런 중에 비장방을 만나게 되었고, 그에게 신선이 되는 법을 가르쳐 주었다.

시간이 흘러 비장방의 스승은 유배가 끝나 선계로 돌아가게 되었고, 그때 비장방에게 선물로 지금의 술병을 전해주게 되었다.

지금 비장방이 마신 술은 보통의 술하고는 차원이 다른 신선주(神仙酒)였다.

꾸준히 마시면 도력이 증가하는 효능이 있는 술이었다. 그 덕분에 비장방이 방술사로 유명하게 되기도 하였다.

"따라다니다 보면 놈의 정체를 알게 되겠지!"

그런 결정을 내리더니 비장방이 허공에 부적 하나를 뿌린다.

"결(結)!"

그의 외침에 부적이 허공에서 밝게 빛나다가 사라졌다.

비장방은 외부와 차단되는 결계를 만들더니 이번에도 부적 하나를 빠르게 그리기 시작했다.

순식간에 경면주사(鏡面朱砂)를 완성하더니 손가락을 튕겨 허공으로 날려 버렸다.

"개(開)!"

비장방의 외침에 갑자기 결계 안에서 빛 무리가 나타나더니 점점 커져갔다.

찬란하게 빛나는 그 빛 무리는 보는 이로 하여금 절로 경건한 마음이 생기게 만들 정도로 엄청난 서기(瑞氣)를 내뿜었다.

찬란하였던 서기는 어느새 태극 문양의 문으로 변했다.

그러자 지붕에 두었던 소지품을 챙겨 안으로 들어가는 비장방이었다.

파릇파릇하게 자라 있는 초지에 들어선 비장방 앞에 한 폭의 산수화를 옮겨놓은 듯한 절경이 펼쳐졌다.

"캬야! 올 때마다 느끼는 거지만 스승님은 대단한 분이시구나."

비장방은 스승이 자신에게 물려준 이곳이 정말이지 너무나 좋았다. 어느 누구의 방해를 받지 않고 생활할 수 있는 자신만의 공간이 있다는 것이 작은 행복이라고 생각하면서 천천히 걸음을 옮겼다.

그는 저 멀리에 병풍처럼 펼쳐져 있는 기암괴석들이 만들어낸 절경을 감상하면서 걸었다.

얼마 가지 않아 마치 사람이 만들어놓은 듯한 반원형의 다리가 나타났다. 끝이 보이지 않을 정도의 천 길 낭떠러지가 보였지만, 비장방은 능숙하게 다리를 건너갔다.

구름이 깔려 있는 반원 형태의 다리를 건너자 작은 마당이 있는 초막이 나타났다.

비장방은 가져온 등짐을 작은 평상에 내려두더니 곧바로 부억으로 향했다.

삐거덕!

그가 부엌문을 열자 갑자기 알싸한 주향이 코끝을 자극하였다.

부엌에는 술을 만들 때 쓰는 도구들이 한편에 있었고, 다른 벽면 전체에는 수십 개는 되어 보이는 술 단지가 가지런히 놓여 있었다.

"싸구려 술이지만 여기에 담기만 하면 천하에 둘도 없는 신선주로 변한다는 것을 누가 알 것인가. 이번에는 어느 놈을 가지고 갈까나……."

잠시 술 단지를 훑어보던 비장방이 뚜껑을 열더니 가져온 술병을 담가 버렸다.

그렇게 내일 먹을 술을 준비하고는 밖으로 나가는 그였다.

"하아암!"

늘어지게 하품을 하면서 초막 안으로 들어갔다.

초막 안은 장식품이라고는 찾아볼 수도 없을 정도로 초라했다. 그런데 유달리 초막 중앙에 엄청난 크기의 옥이 보였다.

초막에 있는 옥은 도력을 증진시켜 주는 기물인데, 그 역시 비장방의 스승이 남겨준 것이었다.

비장방은 연신 하품을 해대며, 졸린 눈을 게슴츠레 뜬 채로 옥에 올라갔다.

드르렁!

푸우!

차디찬 옥에 눕자마자 순식간에 코를 골며 깊은 잠에 빠지는 그였다.

제9장
또 다른 만남

며칠 후.

수현은 마침내 허저가 사는 집성촌에 도착하였다.

허저는 먼저 마을로 들어갔고, 말을 몰아 천천히 입구로 들어서는 수현과 그의 일행들이었다.

집성촌은 전형적인 농촌 풍경이었고, 마을의 중앙에는 도적들을 방비하기 위해 지어진 정사각형의 건물이 보였다.

황토 벽돌처럼 단단해 보이는 흙담으로 만들어진 건물을 보면서 군사 유엽이 입을 열었다.

"각하, 독특한 형태입니다."

"도적들을 막기 위해 저렇게 만든 것 같군, 얼추 보아도 삼층은 되어 보이는군."

"그렇게 보입니다. 저기! 사람들이 나옵니다!"

유엽의 말처럼 마을과 연결되는 신작로(新作路)를 따라 내려오는 일단의 무리들이 보였다.

'서서를 만나다니!'

지금 수현은 벅찬 희열에 사로잡혀 있었다.

원래의 역사대로라면 서서는 유비를 돕는 책사였다.

그러다가 조조의 농간에 넘어가 유비를 떠나 고향으로 돌아가야만 했었다.

자신이 속았다는 것을 알게 되자 조조의 휘하에 있는 동안 어떤 계책도 내놓지 않은 서서였다. 그럼에도 불구하고 조조는 서서를 귀히 여겼고, 위가 건국된 후에 어사중승(御史中丞)까지 오른 그였다.

당연히 수현도 서서를 얻고 싶었다.

하지만 사람의 일이란 것이 어디 원하는 대로 된다던가. 그때문에 긴장되고, 들뜬 마음으로 집성촌 입구에 도착한 수현이 말에서 내렸다.

아름드리 감나무가 만들어주는 그늘 아래에서 기다리고 있는데 허저가 다가오는 것이 보였다.

　　　*　　　　*　　　　*

예주(豫州) 여남군(汝南郡) 평여현(平興縣).

허 씨들이 모여 사는 집성촌이 있는 곳이 평여현이었고, 마을에서 내려오는 허저의 뒤로 많은 사람들이 무리를 지어 내려오고 있었다.

천자를 대신했다는 흠차관이 마을을 방문하였다는 엄청난 사실이 허저를 통해서 알려지게 되었고, 어린아이와 여자들을 제외한 사내들이 모조리 몰려오고 있는 중이었다.

어느새 수현 앞에 도착한 허저가 뒤를 돌아보며 말했다.

"각하, 마을 사람들입니다. 각하께서 오셨다기에 모두들 인사를 드려야 했다면서 저럽니다."

그런 말에 수현은 천천히 앞으로 나아갔다.

그의 곁에 있던 허저가 백발이 성성한 촌로를 손으로 가리키며 소개했다.

"각하, 마을의 촌장입니다."

허저의 소개가 끝나자, 지팡이에 의지한 촌장이 공손히 예를 올렸다.

"흠차관 각하, 이렇게 누추한 곳을 왕림하시니 일생의 광영이옵니다."

"이렇게 환영을 해주니 고맙네."

수현은 허저를 통해 촌장이란 자가 그의 숙부란 것을 알게되었다.

그리고 촌장이 한때 후한의 중앙 관직에 있다가 낙향하여 이곳에서 지내고 있다는 것도 전해 듣게 되었다.

허저의 숙부 허정은 한때 조정에서 황제의 종족, 외척, 공신 등에 관한 사무를 담당하는 종정(宗正)의 직을 역임했다는 것도 알게 되었다.

촌장의 안내를 받으면서 수현은 천천히 마을로 올라갔다.

"각하, 서 원직이 기거하는 곳은 마을 안쪽에 있습니다. 사람을 보냈으니 잠시만 기다리시면 올 것입니다."

"그리하지."

촌장이 그처럼 말하자 수현은 두근거리는 심장이 좀처럼 진정이 되지가 않았다.

수현을 따르는 이들도 서서가 궁금하기는 매한가지였고, 다들 크게 내색은 하지 않았지만 기대하고 있는 모습이었다.

마을 중앙에 있는 정사각형의 회관 건물 앞마당에 펼쳐져 있는 돗자리에서 기다린 지 얼마 되지 않았을 때였다.

"각하, 저기 옵니다. 서 선생님!"

허저가 크게 소리치며 회관의 서문으로 들어서고 있는 사내에게로 다가갔다.

수현은 단정히 의관을 차려입은 서서의 모습에서 눈을 떼지 못하고 바라보았다.

서서의 신장은 160㎝가 조금 넘어 보여 그리 크지는 않았다.

그러나 머리를 정갈하게 정리하고, 상투를 틀어 관(冠)을 씌우는 것으로 마무리한 모습은 마치 고고한 학을 보는 것만 같았다.

또 그는 오른손에 아름답게 피어난 연꽃 모양의 부채인 연화선(蓮華扇)을 들고 있었다.

한여름의 무더운 날임에도 불구하고 서서는 도포까지 제대로 차려입은 모습이었고, 수현을 향해 공손히 읍(揖)을 했다.

그러자 수현도 서서를 향해 맞절을 하는 모습을 보여준다.

"소인은 예주 영천군 출신의 서복이라 합니다. 자는 원직을 쓰고 있습니다."

"흠차관 진수현이라고 합니다. 이렇게 원직 선생을 만나게 되니 감개무량합니다."

"불미한 소인이 듣기에는 과분한 말씀이신 것 같습니다."

"각하, 안으로 드시지요."

"그러세."

허저가 그처럼 말하면서 마을 회관 출입구에서 비켜선다.

그러자 수현이 먼저 안으로 들어갔고, 그 뒤를 서복(훗날의 서서)이 따랐다.

마을 회관의 중앙에는 불을 피울 수 있는 화덕이 위치하였고, 모두 다섯 줄의 원형 계단이 보였다.

당연히 계단의 외곽에는 많은 방석이 깔려 있었고, 중심부로 갈수록 그 수는 눈에 띄게 줄어 있었다.

"각하, 이쪽으로 오시지요."

어느새 안으로 들어온 마을 촌장이 회관의 중앙에 위치한 화덕을 가리키며 그처럼 말했다.

수현은 천천히 계단을 밟고 내려가 화덕으로 향했다.

그를 비롯하여 서서만이 화덕의 중앙에 자리를 잡고 앉았고, 나머지 인원들은 각자의 서열에 맞게 뒤쪽 자리에 앉았다.

수현은 이곳까지 오는 동안 서서를 만날 수 있게 되었다는 것 때문에 자신도 모르게 들뜬 상태였다.

그는 애써 마음을 진정시키면서 자리에 앉아 있는 서서를 보며 말했다.

"이보게, 서 원직."

"예, 흠차관 각하."

"여기 있는 허 장사를 통해서 그간의 일들을 모두 듣게 되었다네. 참으로 그대의 공이 크네."

"제가 가진 작은 재주를 마을 사람들을 위해 쓴 것밖에는 한 것이 없습니다."

"그리 겸양할 필요가 없네, 자신의 재능을 파악하는 것도 힘든 일이네. 하물며 자신의 재능을 올바르게 사용했다는 것은 각고의 수양이 수반되어야 가능한 일이라고 보네."

"보잘것없는 저를 그리 봐주시니 감읍할 따름입니다. 헌데, 무슨 일로 소인을 찾으셨는지요?"

서서가 그처럼 물으면서 수현을 빤히 쳐다보았다.

어떻게 보면 대단히 무례한 행동일 수도 있었다. 하지만 서서는 지금 이 자리에 있는 흠차관이 왜 자신을 찾아왔는지를 알기 때문에 그렇게 바라볼 수밖에 없었다.

수현도 서서의 그런 마음을 알기에 더 이상 숨기지 않기로 작정하고 말하기 시작했다.

"거두절미하고 솔직하게 말하겠네. 서 원직, 자네가 공석으로 있는 예주자사 직을 맡아주게!"

수현의 그런 말에 마을의 촌장과 원로들이 놀란 표정으로 변했다.

반면에 수현의 일행들은 이미 이곳에 오기 전에 그런 계획을 전해 들었기에 덤덤한 모습이었다.

"저는 그 자리를 맡을 수가 없습니다."

수현은 서서가 단번에 자신의 제안을 받아들이지는 않을 것이라고 생각을 했었다. 하지만 이처럼 단칼에 거절할 줄은 미처 예상하지 못했었다.

그 때문에 내색은 안하지만 적잖이 놀라는 그였다.

"이유를 알 수 있겠는가?"

"저는 스승님을 모시고 학문을 배우고 익히는 서생입니다. 외람되지만 스승님의 허락이 없으니 흠차관 각하의 제안을 받아들이는 것은 불가합니다."

그러자 그때까지 가만히 듣고 있었던 허저가 나섰다.

"선생님, 형주에 계시는 수경 선생님께 사람을 보내서 이런 소식을 알려 드리면 될 것이 아니겠습니까?"

"나도 조카의 말이 옳다고 보네. 서 선생, 각하의 제안을 받아들이시게."

허저의 숙부인 마을의 촌장까지 그렇게 말을 하였음에도 불구하고 서서는 가타부타 말이 없었다.

서서는 지금 예주의 상황이 얼마나 열악한지를 잘 알고 있었다.

평소 그는 지금이야말로 그동안 자신이 배운 학문을 세상에 펼쳐 보일 때라는 것을 여러 차례 생각해 왔었다.

하지만 막상 수현에게서 예주자사라는 막중한 제안을 받게 되자 쉽게 답을 할 수가 없었다.

'내가 제대로 할 수 있을까……'

무슨 일이든지 처음이라는 것이 있는 법이다.

서서 역시 이번에 수현의 제안을 받아들인다면 처음으로 관직에 나서게 되는 것이었다. 처음 해보는 일에 대한 막연한 두려움과 부담감, 그런 부담감에 그동안 자신이 생각해 왔던 구상과 웅대한 포부는 사라지고 없었다.

오로지 자신 때문에 상황이 더욱 악화되지나 않을까 그것이 걱정되었다.

수현은 그런 서서를 초조한 심정으로 지켜보고 있었다.

행여나 자신의 제안을 거절할까 봐 수현의 심장은 거침없이 요동칠 정도였다. 그만큼 서서가 놓치고 싶지 않을 정도로 뛰어난 인물이라는 것을 알기 때문이었다.

고민을 하던 끝에 입을 여는 서서였다.

"제 조건을 승낙해 주신다면 흠차관 각하의 제안을 받아들이겠습니다."

"말해보게."

"제 동문들 중에 관직에 나갈 나이가 되었음에도 불구하고 초야에서 지내는 이들이 있습니다. 그들을 불러들여도 되겠는지요?"

'제갈량을 말하는 것인가… 아! 제갈량은 이제 겨우 초등학생 꼬맹이지.'

수현은 순간 제갈량을 떠올렸다. 그러나 그의 나이가 올해로 열 살을 갓 넘긴 어린아이란 것을 떠올리며 말했다.

"자네가 예주자사 직을 맡는다면 당연히 인사권 또한 자네에게 있다는 것이네. 자네의 뜻대로 하게."

그러자 서서가 자리에서 일어나더니 공손히 읍을 했다.

수현은 서서의 인사를 앉은 자리에서 받아도 되었지만, 그역시 자리에서 일어나 맞절을 했다.

"보잘것없는 소인을 좋게 봐주시니 감읍하옵니다. 부족하지만 최선을 다해 자사 직을 수행토록 하겠습니다."

"고맙네! 진심으로 고맙네!"

"감축드립니다! 선생님!"

허저가 입가에 환한 웃음꽃을 피우며 그처럼 말했다.

그러자 마을의 촌장을 필두로 해서 원로들도 서서에게 축하의 인사말을 하였다.

그날 저녁.

서서가 관직에 출사한 것을 축하하는 마을 잔치가 마침내 끝이 났다.

예주 지역이 극심한 기근에 시달린다고는 하였지만, 그럼에도 불구하고 허저를 주축으로 하는 젊은이들이 집집마다 방문하여 음식을 조금씩 거두었다.

마을 주민들은 서서의 도움이 없었다면 지금쯤이면 갈피호 도적들에게 죽었다는 것을 알기에 그들의 부탁을 흔쾌히 들어주었다.

그렇게 하여 비록 차린 음식은 보잘것없었지만 모두들 즐거운 시간을 보내게 되었다.

그런 축제 같은 마을 잔치가 끝나자 수현을 비롯한 그의 일
행들은 다시금 마을 회관으로 모였다.

그리고 그 자리에는 신임 예주자사로 예정된 서서를 비롯한
허저와 촌장이 참석하였다.

타닥!

타닥!

마을회관 중앙에 있는 화덕 안에 있는 숯이 요란한 소리를
내며 불똥을 튕긴다.

허저는 화덕에 걸어둔 무쇠 주전자의 주둥이에서 김이 모락
모락 오르자 집어 들었다. 그러더니 손바닥 크기의 작은 종지
에 물을 따랐다.

관직 생활을 청산하고 낙향한 마을의 촌장이 아껴두었던
차를 담은 종지였고, 어느새 회관 안은 은은한 차향으로 가득
찼다.

허저가 각자의 자리 앞에 차를 두는 것을 바라보던 수현이
태사자를 바라보았다.

"이조판서."

"예, 각하."

"원직을 정식으로 예주자사에 임명할 것이니 준비를 해주
게. 언제쯤이면 정식으로 임명이 되겠는가?"

"각하께서 내일 관청으로 가셔서 관인을 인수받은 후에 임명하시면 되겠습니다."

관리들의 인사권을 가지고 있는 이조판서 태사자의 답에 살며시 고개를 끄덕거리는 수현이었다.

그러면서 이번에는 장안으로 가는 동안의 재정을 관리하고 있는 청주자사 감녕에게 말했다.

"자사는 내일 원직이 정식으로 임명이 되면 가지고 있는 환을 내어주도록 하게."

"그리하겠습니다."

수현은 요동 은행에서 발행한 환을 어떻게 사용하는 지를 서서에게 자세히 설명을 해주었다.

가만히 그의 설명을 듣던 서서는 엄청난 충격을 받게 되었다.

"각하, 정말로 은행에 자금을 맡기면 이자를 주는 것입니까!"

"하하하, 그렇다네. 앞으로 자네가 다스릴 예주에도 조만간 요동 은행의 지부가 설립될 것이네."

"그러다 도적놈들이 그 많은 돈을 노리고 오면 어찌합니까?"

"각하, 그 점은 제가 설명하는 것이 낫겠습니다."

"그리하게."

청주자사 감녕이 그처럼 말하며 나서자 흔쾌히 허락하는 수현이었다.

감녕은 요동을 제외하고 은행이 있는 곳은 청주의 북해라고 알려주었다. 그러면서 아직은 일반인들을 상대로 은행 업무가 진행되지 않는다고 설명했다.

"현재 은행은 관부와 상단이 주 고객이지요. 그리고 그들과 거래되는 금액은 대부분이 환을 기반으로 합니다. 그러니 도적들이 은행을 노리고 온다고 하여도, 발행인이 가지고 있는 나머지 반쪽이 없다면 쓸모없는 종이 쪼가리에 불과합니다. 그러니 자사께서는 도적들 걱정은 하지 않으셔도 됩니다."

"아! 그렇다면 안심입니다."

서서는 곰곰이 생각을 해보니 은행을 이용하면 편리하겠다 싶었다.

부피가 큰 포(布)와 무거운 전(錢) 보다는, 환(換)이 소지하기가 편하고 안전하다는 점이 마음에 들었다.

예주자사에 서서를 임명한 것만으로도 대단히 만족스러운 수현이었다.

서서를 자신의 사람으로 만들었다는 사실만으로도 밥을 먹지 않아도 배가 부른 그였다.

그런데 금상첨화(錦上添花)라고, 서서가 알아서 자신의 동문들을 천거(薦擧: 어떤 일을 맡아 할 수 있는 사람을 그 자리에 쓰도록 소개하거나 추천함)하니 한층 기쁠 수밖에 없었던 수현이었다.

수현이 그런 일에 유달리 기뻐하는 것에는 그만한 이유가 있었다.

한나라 시대 때의 관리는 향거리선제(鄕擧里選製)를 통해 등용이 되었고, 인물 평가 과목으로는 효렴, 현량, 방정, 직언, 문학, 계리, 수재 등이 있었다. 특히 인물의 추천은 태수와 상(相), 향리의 유력자가 합의하에 선정이 되었다.

즉, 쉽게 말하면 지방의 호족들과 연줄이 없다면 제아무리 흠차관이라고 할지라도 관리의 등용이 매우 어려운 구조였던 것이다.

그러니 서서가 그처럼 적극적인 자세로 나오자 입이 귀에 걸릴 정도로 환하게 웃는 수현이었다.

그는 얼굴에 웃음꽃을 피웠고, 이번에는 허저를 바라보며 말했다.

"허 장사는 특별한 계획이 있는가?"

갑작스러운 수현의 물음에 당황하는 이는 당사자가 아닌 그의 숙부 허정이었다.

그는 당황이 되었지만, 오랜 관리 생활로 터득한 눈치로 수현이 그처럼 묻는 의도가 짐작이 되었다.

그러기에 조심스럽게 반문했다.

"각하, 왜 그러시는지요?"

"이 자리에 서 원직, 아! 이제는 예주자사로 불러야겠군."

그러자 서서는 무안함에 귀가 빨갛게 달아올랐다.

수현은 서서의 그런 모습을 못 본 척하면서 말을 이어갔다.

"예주자사가 뛰어난 계책을 알려주었다고는 하지만 그것을 실행에 옮긴 것은 여기 있는 허 장사였네. 허 장사가 아니었다면 어느 누가 도적들의 두령을 죽일 수 있었겠는가."

"못난 제 조카를 그처럼 좋게 보아주시니 감읍하옵니다."

"저도 각하의 말씀이 지당하다고 여겨집니다. 저는 고양이 목에 방울을 달 수 있는 방안을 알려주었지요. 중강(허저의 자)이 아니었다면 감히 그런 방안을 내놓지 못했을 것입니다."

서서가 그처럼 말하자 수현은 입가에 웃음을 머금으면서 살며시 고개를 끄덕여 보였다.

"이보게, 허 장사. 앞으로 나와 함께 다녀보지 않겠는가?"

"저, 저를 말입니까!"

수현의 갑작스러운 제안에 허저가 놀라서 말까지 더듬었다.

허저의 숙부인 촌장 또한 기대는 하였지만, 막상 그런 제안을 듣게 되자 놀랐는지 멍하니 바라만 보았다.

"왜 나와 함께 천하를 주유하는 것이 싫은 것인가?"

"아, 아닙니다! 당연히 저도 각하를 모시고 천하를 둘러보고 싶습니다. 그런데 숙부께서는 제가 어릴 때부터 저를 친아들처럼 돌봐주셨습니다. 그러니 숙부님의 허락이 없다면……"

혈기방장(血氣方壯)한 20대 초반의 허저였다.

또래의 젊은이들이 그러한 것처럼 허저 또한 드넓은 세상으로 나아가고 싶었다.

허저는 마음 같아서는 흠차관의 제안에 당장에라도 그를 따라 나서고 싶었다. 하지만 어려서 부모님을 여의고, 숙부가 자신을 친아들처럼 돌봐주었기에 말끝을 흐리면서 그를 바라보았다.

그러자 조카의 그런 마음을 이미 알고 있었던 그의 숙부가 입을 열었다.

"각하, 한 가지 부탁만 들어주신다면 저 아이가 각하를 따라나서는 것을 허락하겠습니다."

"말해보게."

"각하께서도 아시겠지만 몇 년 전에 황건적 놈들이 출몰한 후로 나라가 극도로 혼란스럽습니다. 그러다 보니 저 아이가 혼기를 놓치고 말았습니다. 혹여 기회가 있다면 저 아이에게 참한 여인을 중매해 주실 수 있겠는지요?"

"중매라면 얼마든지 가능하다네, 나를 믿고 자네의 조카를 내게 맡겨 준다면 내 책임지고 허 장사를 혼인시켜 줄 것이네!"

"뭐 하느냐, 어서 각하께 절을 올리지 않고."

"예!"

허저가 숙부의 말에 자리에서 일어나더니 공손하게 예를 올렸다.

수현은 앉은 자리에서 허저의 절을 받았다.

그러더니 허리춤에 차고 있던 애검 청운(淸雲)을 풀어 허저에게 내민다.

"이 검은 여기 있는 자룡에게서 선물로 받은 후로 잠시도 내 곁을 떠난 적이 없었던 검이다. 이 검을 받게!"

수현은 허저를 자신의 사람으로 받아들이기로 결심을 하여 그에게 하대를 했다.

조운은 의형 수현이 애검을 풀어 내미는 모습에 놀란 듯이 눈동자가 커졌다.

비록 간장과 막야가 만들었다는 엄청난 명검은 아닐지라도 뛰어난 검임에는 분명했다. 또한 자신의 애검을 다른 이에게 준다는 것은 특별한 의미가 있었다.

허저 또한 그것을 알기에 극구 사양했다.

"각하! 제가 어떻게 감히 각하의 애병을 받을 수 있겠는지요."

"이것을 자네에게 주는 뜻은 이 검으로 나를 지켜달라는 것이네. 이제부터 자네에게 내 경호를 맡길 생각이네. 그래도 받지 않을 것인가?"

수현의 그런 말에 허저는 엄청난 희열을 느꼈다.

그는 무릎을 털썩 꿇더니 장부의 뜨거운 눈물을 흘리면서 말하기 시작했다.

"각하께서 저를 그토록 믿어주시니, 제가 죽는 날까지 각하를 호위할 것임을 천지신명께 맹세하나이다!"

그러자 수현이 자리에서 일어나더니 무릎을 꿇고 있는 허저에게 자신의 애검을 넘겨주며 말했다.

"이 검으로 나를 지켜줄 것이라고 믿네! 자네의 검을 내게 주게."

"각하, 제 검은 저잣거리에서 쉽게 구할 수 있는 철검입니다."

"괜찮네. 이제부터 자네는 내 경호대장이네. 자네가 나를 지켜줄 것이 아닌가?"

그러자 허저는 자신의 허리춤에 있는 철검을 풀어 공손히 바친다.

그의 검을 받은 수현이 곁에 있는 조운을 바라보았다.

"이보게, 동생."

"예, 형님."

"내 자네가 선물한 검을 허 대장에게 주었네. 서운하게 여기지 않았으면 하네."

"물론입니다. 허 대장이 곧 형님의 검이 아니겠습니까?"

"하하하, 맞네! 이제부터 허 대장은 나의 검이나 다름이 없다네!"

수현이 크게 웃으며 그처럼 말하자 회관 안의 분위기는 한껏 고조되었다.

그러자 회관에 있는 사람들의 얼굴은 봄꽃이 만개한 것처럼 화사하게 변해갔다.

제10장
권력의 속성

그 무렵 흠차관 진수현은 모르고 있었지만 요동의 정세가 심상치 않게 변해갔다.

수현의 근거지인 요동의 정세가 급변하게 된 것은 유주의 황숙 유우가 죽음으로 해서 발단이 되었다.

그러니까 수현이 장안으로 길을 떠나고 달포가 지났을 때였다.

황숙이자 영상서사인 유우는 아들 화가 죽자 두문불출하며 칩거에 가까운 상태이었다.

주변에서는 시간이 지나면 유우가 충격에서 벗어날 수 있을 거라고 보았다. 하지만 유우는 아들이 공손찬의 병사들이 쏘았던 화살에 비명횡사한 것에 엄청난 충격을 받은 상태였다.

더구나 찢어 죽여도 시원찮을 공손찬이 역경(易京) 인근에 성을 쌓고 호의호식 중이라는 것을 알게 되었다. 그런 소식을 접하게 된 유우는 아들의 복수를 바라였지만, 현실은 뜻대로 되지가 않았다.

유우는 현실의 벽에 가로막혔다는 암담한 심정이었고, 끓어오르는 화를 주체할 수가 없었다.

그 때문에 하루하루 시간이 갈수록 그의 건강은 악화되었다.

급기야 화타가 어떻게 손쓸 방도조차 없이 황망하게 세상을 등져 버린 유우였다.

황숙 유우의 죽음!

그의 죽음으로 나타난 파장은 결코 작은 것이 아니었다.

유우는 수현을 만난 이후로 언제나 그의 든든한 후원자였다.

그런 유우가 죽었으니 수현은 자신을 지지하였던 정치적 후견인이 사라진 것이나 다름이 없었다.

더구나 유주목 공손도는 장남을 후계자로 정했고, 호시탐탐 수현이 통치하는 요동에 눈독을 들이고 있었다.

공손도는 사위가 다스리는 요동을 빼앗아 장남에게 물려
주려고 하였지만, 장인의 눈치가 보여 실행에 옮길 수가 없었
다.

그러던 중에 마침내 걸림돌이었던 장인 유우가 세상을 등
졌다.

공손도는 장인의 부음을 요동에 있는 딸 공손란에게 전하
도록 하였다.

예전 공손찬과의 전투가 끝나고, 논공행상으로 사위 수현
이 자신에게 불만이 많다는 것을 딸을 통해서 알고 있었던
공손도였다.

유주목 공손도는 자연스럽게 장인 유우의 장례를 위해 딸
이 계에 오도록 하였다.

겉보기에는 당연한 일처럼 보였지만, 수현의 아들 서하를
인질로 잡아두려는 무서운 계획을 세웠던 공손도였다.

외조부의 부음을 접한 공손란은 당연히 계로 향하였고, 이
때 그녀를 호위한 인물은 황건적 두령 출신인 관해였다.

관해는 무사히 계에 도착하였고, 유우의 장례식에도 참석했
었다.

그런데 유주목 공손도는 장례가 끝났으니 당연히 요동으로
돌아가야 하는 공손란을 감금시켜 버렸다.

한때 수십만에 달하는 황건적들을 통솔하였던 관해는 순식

간에 분위기가 이상함을 감지했다.

관해는 한밤중에 은밀하게 화타가 지내는 전각을 찾아갔다.

마치 밤 고양이가 움직이듯이 관해는 신속하면서도 은밀하게 화타의 거처 창문을 통해 안으로 들어섰다.

침상에서 잠에 빠져 있던 화타는 누군가 자신을 흔들어 깨우자 게슴츠레 눈을 떴다.

"누, 누! 우읍!"

화타는 솥뚜껑만 한 커다란 손이 자신의 입을 막자 눈을 부릅떴다.

"접니다, 선생님."

화타는 음성의 주인공이 관해란 것을 알게 되었다.

그가 입에서 손을 치우자 소리 죽여 말했다.

"관 장군이 아니시오?"

"선생님, 아무래도 이상합니다."

"무엇이 이상하다는 것이요?"

그러자 관해는 계에 오고 난 후부터의 일들을 간략하게 알려주었다.

화타는 그의 말을 듣고 나자 그제야 그동안 공손도가 보여주었던 태도가 이상했다는 것을 떠올렸다.

"듣고 보니 관 장군의 말씀이 맞는 것 같소이다. 벌써 요동으로 돌아가야 하는데 그것을 막고 있으니."

"선생님, 저는 속히 요동으로 돌아가야 했다고 여깁니다. 이 대로 있다가는 무슨 일을 당할지 모릅니다."

그런 말에 화타는 한여름의 날씨가 무색할 정도로 한기를 느꼈다.

이런 야밤에 자신을 찾아올 정도라면 결코 무시해서는 안 되는 일이라고 생각하며 말했다.

"그게 무슨 말씀이시오?"

"속히 이곳을 떠나야 합니다. 상황이 매우 불안합니다."

"무슨 수로 공손 부인과 흠차관의 아들을 데려갔다는 것이 요?"

"그들은 이곳에 두고 갈 것입니다. 설마하니 손자를 죽이려 고 하겠습니까? 급한 것은 선생님과 저의 목숨이지요."

그런 말에 화타는 자신도 모르게 마른침을 꿀꺽 삼켰다.

아무리 공손도에게 잔인한 면모가 있다고 하여도 딸과 손 자는 죽이지 않을 것이라고 보았다. 하지만 요동에 이런 사실 이 전해지는 것을 막기 위해서라도 관해와 자신은 얼마든지 죽일 수 있다고 생각했다.

"그럼 어찌할 것인가?"

"내일 법륜사에서 죽은 유화 대인의 천도재가 있다고 합니 다. 다들 천도재에 참석했다고 성을 비울 것입니다. 그때 저와 선생님은 이곳을 떠나 요동으로 가야 합니다."

"그럼 병사들은? 우리가 도망쳤다는 것을 알게 되었다면 그들은 모두 죽음이요!"

"지금으로서는 그들을 구할 방법이 없습니다. 그들마저 움직인다면 발각될 것입니다."

"그런다고 어떻게 병사들을 버려두고 가자는 것이오?"

"속히 요동에 가서 이런 사실을 알려주어 대비하도록 해야 합니다."

그런 말에 화타는 손으로 얼굴을 비벼댔다.

자신이 생각해도 관해의 말이 백번 옳았다.

하지만 요동에서 함께 왔던 병사들이 무려 3백이나 되었다.

그것이 너무나 마음에 걸려 손으로 얼굴을 감싼 채로 고민에 빠진 화타였다.

시간이 흘러도, 딱히 해결책이 없는 화타였다.

자신이나 관해가 도망친 것을 유주목이 알게 되었다면 어떤 일이 생길지는 안 봐도 눈에 선했다.

유주목 공손도는 잔인한 사람이었다.

그가 요동의 태수가 되었을 때 자신을 무시했다는 이유로 무려 백여 명의 사람들을 죽여 버린 자였다.

피도 눈물도 없는 냉혹한 공손도에게 있어 요동에서 함께

온 병사 3백의 목숨은 파리 목숨보다도 못한 것이란 생각이 드는 화타였다.

뻔히 그들 3백의 병사들이 죽을 것이란 것을 알기에 차마 도망치자는 말을 입 밖으로 꺼낼 수가 없었다.

그러자 보다 못한 관해가 채근했다.

"선생님, 저 역시 병사들의 죽음이 너무나 안타깝습니다. 하나, 이런 사실을 요동에 알려주지 않는다면 지금보다도 더 많은 죽음이 생길 수밖에 없습니다!"

"하아……."

침통한 표정으로 땅이 꺼져라 한숨을 내쉬는 화타였다.

구구절절 관해의 말이 옳다 보니 마침내 화타도 더 이상은 머뭇거릴 수가 없었다.

"알았네, 그렇게 하세."

"잘 생각하셨습니다. 내일 날이 밝으면 선생님께서는 동문 인근에 있는 의방에서 진료를 보신다고 하시면서 그곳에서 기다리시지요. 저는 때를 봐서 선생님을 모시러 가겠습니다."

"그리함세."

화타는 스스로에게 다짐을 하는 듯 고개를 끄덕인다.

그러자 관해는 들어왔을 때처럼 창문을 통해 은밀하게 나갔다.

다음 날.

천도재를 위해 이른 아침부터 성안의 분위기는 분주하면서도 한편으로는 숙연하였다.

그런 분위기 속에서 화타는 관해가 일러준 대로 자신의 거처를 빠져나왔다.

그러자 그의 거처를 지키고 있던 병사들이 가로막았다.

"선생님, 어디 가십니까?"

"동문 인근에 환자가 많다고 하여 그곳에서 진료를 볼까 하네."

"성안이라 안전하겠지만, 그래도 해가 지기 전에는 돌아오셔야 합니다."

"알았네."

무사히 자신이 머물던 거처에서 벗어난 화타는 대로를 따라 걸었다.

'천만다행이다……'

성안을 걷는 화타는 공손도가 병사들에게 자신을 감시하라는 지시를 내리지 않은 것을 천만다행으로 생각했다. 만약 공손도가 그런 지시를 내렸다면 자신은 꼼짝하지 못하고 거처에서 갇혀 지냈을 것이라고 여겼다.

그렇게 계의 외성 동문에 도착하여 인근에 있는 의방에서 진료를 보기 시작하는 화타였다.

얼마나 그렇게 시간을 보냈는지는 모르지만 그는 뒷간에 가려고 슬며시 자리에서 일어났다.

화타는 다른 의원에게 뒷간에 간다는 말하고는 자리를 벗어났다.

인적 없는 뒷간에 도착하여 볼일을 마치고 나오는 순간이었다.

"선생님!"

갑자기 관해의 음성이 들려왔다.

화타가 황급히 몸을 돌려보니 죽립(竹笠)을 쓰고, 누더기를 걸치고 있는 관해가 보였다.

"뒷문에 수레를 준비하였습니다. 바로 나오세요."

"알았네."

화타는 그를 따라 의방 뒤편에 있는 쪽문으로 나갔다.

그러자 어디서 구했는지 소가 끄는 수레가 보였다.

관해가 수레를 몰아가는데, 짐칸에 고약한 냄새가 진동하는 거름이 잔뜩 쌓여 있었다.

"선생님, 이걸 걸치세요."

관해가 누더기 같은 옷을 내밀자 황급히 받아서 걸치는 화타였다.

수레는 느릿느릿하게 동문으로 향하였고, 관해 옆에 앉은 화타가 인상을 쓰며 말했다.

"말을 구할 것이지, 하필이면 왜 이런 수레인가! 냄새가 지독하군."

"말을 타면 검문이 심해서 성문을 빠져나가는 것이 어렵습니다. 하지만 냄새나는 거름이 실린 수레는 검문을 하지 않고 내보냅니다. 그러니 조금만 참으세요. 다음 마을에서 말을 구하도록 하겠습니다."

"미안하네, 그런 깊은 뜻이 있는 줄은 미처 몰랐네."

그렇게 동문에 도착하자 관해의 말처럼 냄새나는 거름이 실린 수레를 검문하는 병사들은 없었다.

그렇게 관해와 화타를 태운 수레는 무사히 성을 빠져나왔고, 빠르게 성문에서 멀어져 갔다.

*　　　　*　　　　*

한편, 그날 밤.

유주목 공손도는 계 인근에 위치한 법륜사에서 하룻밤을 묵기로 하였다.

죽은 유화 대인을 위한 천도재였지만, 공손도 그에게는 그다지 감흥이 없었다.

법륜사까지 오는 동안 공손도는 마음 같아서는 돌아가고 싶었다.

하지만 아무리 공손도가 포악한 성정을 지닌 냉혈한이라 하여도, 가족들이 모두 참석하는 행사였기에 마지못해 그도 참석하였다.

이른 시간부터 시작된 천도재는 해가 저물어 갈쯤에서야 끝이 났다.

공손도는 법륜사의 요사채(승려들이 식사를 마련하는 부엌과 식당, 잠자고 쉬는 공간)에 딸린 작은 방에서 휴식을 취하고 있는 중이었다.

그의 곁에는 부인 유씨와 두 아들, 딸 공손란이 함께하였다.

그리고 공손란의 아들 진서하는 유모가 돌보고 있었다.

유주목 공손도의 가족들이 모두 모인 자리임에도 불구하고 분위기는 삭막하기만 하였다.

이렇게 가족들이 모두 모였음에도 분위기가 삭막한 것은 모두 공손도 때문이었다.

그의 부인 유씨는 딸과 손자를 인질로 붙잡아두고 요동으로 돌려보내지 않는 남편 때문에 심기가 불편했다.

그리고 공손도의 장남 강은 지금의 상황이 왜 일어났는지를 알고 있었다.

그 때문에 누이 공손란을 보기가 민망하여 데면데면하는 중이었다.

그런 분위기를 당연히 공손도라고 해서 모를 리가 없었다.

그러다 보니 그의 표정은 그 어느 때보다도 잔뜩 굳어 있었다.

"유모, 서하를 이리 주게."

공손란의 부름에 진서하를 품에 안고 있었던 유모가 조심스럽게 자리에서 일어났다.

유씨 부인이 진서하의 수유를 위해 구해준 유모였는데, 풍만한 몸매답게 젖먹이 진서하가 원할 때면 언제든지 배불리 먹이는 유모였다.

"크흠!"

공손도는 딸이 자신에게 시선조차 주지 않는 것에 내심 괘씸하여 괜히 헛기침을 했다.

덜컹!

갑자기 문이 열리더니, 요사채의 경비를 서고 있는 하급 무관이 황급히 안으로 들어왔다.

"무슨 일이냐?"

공손도의 물음에 그 하급 무관이 빠르게 다가가더니 귓속말로 무언가를 전했다.

짧은 보고가 끝나자 공손도의 표정이 험악하게 굳어지더니, 자리에서 벌떡 일어나 문으로 걸어갔다.

그가 요사채를 나오자 계에서 보낸 전령이 보였다.

"두 사람이 동문으로 나간 것이 확실하다냐!"

"그러하옵니다!"

"이것들이 감히!"

공손도가 그 전령에게 자세한 사정을 확인하더니 무관에게 지시를 내렸다.

"너는 즉시 요동으로 가는 길목을 차단하라는 전령을 보내라! 내일 날이 밝는 즉시 성으로 돌아가겠다!"

"예!"

그렇게 지시를 내린 공손도는 허리춤에 있는 검의 손잡이를 힘껏 움켜잡으며 부르르 떨었다.

은밀하게 일을 진행시킨다고 두 사람의 감시를 소홀히 한 것이 너무나 후회스러웠다.

하지만 함께 왔던 병사들을 버리고 달아날 정도라면 두 사람이 다급했다고 생각하는 공손도였다.

더구나 요동으로 가려면 반드시 임유관(臨渝關: 지금의 산해관)을 지나야만 했다.

"도망쳐봐야 어차피 관문에서 잡을 수 있다!"

공손도는 두 사람을 쉽게 잡을 수 있을 것이라고 생각하며 그처럼 소리쳤다.

하지만 세상의 일이란 것이 그의 생각처럼 단순하지가 않왔다.

관해가 화타와 함께 동문을 빠져나온 것은 분명한 사실이었다.

하지만 그는 시선을 따돌리기 위해 동문을 빠져나온 것일 뿐이다.

실제로 관해는 요동으로 가기 위한 일반적인 경로를 선택하지 않았다.

한때 태산(泰山) 인근에서 수십만의 황건적들을 통솔하였던 관해였다.

그러기에 그 누구보다도 관군들의 움직임을 상세히 알고 있었다.

관해는 자신과 화타가 성을 빠져나와 도망쳤다는 것이 공손도에게 알려지는 것은 시간문제라고 보았다.

그래서 관해는 동문을 빠져나와 북상하지 않고, 남진하기로 계획을 세웠다.

그리고 지금 그는 계에서 그리 멀지 않은 어양군(漁陽郡) 노현(潞縣)의 객잔에서 하룻밤을 지내기로 하였다.

작은 객실에서 화타와 머리를 맞대고 무언가를 의논 중인 관해가 보였다.

"내일 동틀 무렵에 배가 있다고 합니다. 그 배를 이용해서 강을 따라가다가 바다로 빠진다면 안심해도 될 것입니다."

"바다로 갔다고?"

"예, 청주의 북해로 갈 것입니다. 그곳이라면 요동으로 가는 배편을 얼마든지 구할 수 있습니다."

"알겠네, 그런데 한 가지 궁금한 것이 있네. 왜 육로를 선택하지 않고 바다로 가는 길을 택했는가?"

"만약 육로를 선택했다면 관문을 넘기가 어려울 것입니다. 그리고 이곳에 제 수하들이 있습니다. 그들의 도움을 받는다면 북해로 가는 것은 어렵지 않습니다."

"자네의 수하들이라니?"

"잠시 들어가겠습니다."

때마침 갑자기 객실 밖에서 사내의 음성이 들려오자 놀라는 화타였다.

"제가 말한 자들입니다. 들어오게!"

관해의 외침에 객실 문이 열리더니 객잔의 주인이 나타났다.

화타는 주인이라는 것을 알게 되자 눈에 띄게 안도하였다.

하지만 화타는 자신의 생각이 틀렸다는 것을 곧바로 알게 되었다.

객잔의 주인이 안으로 들어오고, 그 뒤에 또 다른 사내가 안으로 들어온 것이다.

화타는 객잔의 주인 뒤를 따르는 사내가 산적처럼 생긴 우락부락한 생김새인지라 긴장했다.

"총두령님!"

그 산적 같은 사내가 관해를 보자마자 그처럼 소리치는 것이 아닌가.

"주창! 살아 있었구나!"

주창으로 불린 그 사내는 눈물을 글썽거리며 다가갔다.

관해는 그런 주창을 와락 품에 껴안으며 등을 어루만져 준다.

생사를 몰랐던 두 사람은 마침내 이렇게 한자리에 모이게 되었다.

벅찬 만남의 여운이 채 가시지 않았는지 관해는 주창과 공도를 바라보며 웃어 보였다.

그러자 그 두 사람도 관해를 바라보며 한껏 웃어 보였다.

"너희들이 모두 죽은 줄로만 알고 있었다."

"저도 총두령님이 죽은 줄로만 알고 있었습니다."

"이보게, 관 장군. 누군가?"

"아! 내 정신 좀 보게. 두 사람은 인사 올리거라. 화타 선생님이시다."

그러자 주창이 화타에게 공손히 인사를 하였고, 객잔의 주인 또한 그에게 인사를 했다.

두 사람 모두 화타의 명성은 귀가 따갑도록 들었기에 형

식적인 모습이 아니라, 마음에서 우러나는 진실된 모습이었
다.

엉겁결에 두 사람과 인사를 나눈 화타였다.

관해의 소개를 통해 주인의 이름은 공도인데 황건적 출신이
라는 것을 알게 되었다.

또한 주창으로 소개받은 그 산적 같은 사내도 한때는 황건
적이었다는 것에 놀라고 말았다.

"허, 객잔 주인이 황건적 출신이었다니. 놀라운 일이군."

"선생님, 저 두 사람은 이제는 황건적이 아닙니다. 공도, 저
친구는 이렇게 객잔의 주인이 되었지요. 그리고 주창은 염상
이 되었습니다."

"그러니 놀랍다는 것이오."

공도는 그런 말에 무덤덤한 모습이었다.

그러면서 만약 자신이 우연히 계의 성안에서 관해를 만나
지 못했더라면 여전히 그가 죽은 것으로 알고 있을 거라고 생
각했다.

우연히 관해를 만나게 되었고, 그를 통해 유주목 공손도가
어떤 짓을 꾸미는지도 알게 된 공도였다.

두 사람은 계를 탈출하기 위한 모종의 계획을 세우게 되었
다.

그 직후 공도는 객잔으로 돌아왔다. 그러고는 곧바로 이제

는 소금 장수로 변한 동료 주창에게 총두령의 소식을 전해주었다.

주창은 총두령 관해가 살아 있다는 소식을 접하자마자 이처럼 그를 만나기 위해 찾아온 것이었다.

『삼국지 더 비기닝』 5권에 계속…

초대형 24시 만화방

신간 100%, 샤워실, 흡연실, 수면실(침대석), 커플석, 세탁기 완비

▪ 시흥 정왕25시점 ▪

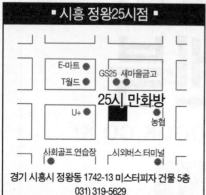

경기 시흥시 정왕동 1742-13 미스터피자 건물 5층
031) 319-5629

▪ 강북 노원역점 ▪

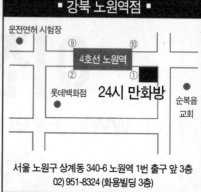

서울 노원구 상계동 340-6 노원역 1번 출구 앞 3층
02) 951-8324 (화용빌딩 3층)

▪ 일산 정발산역점 ▪

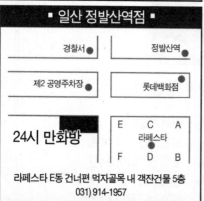

라페스타 E동 건너편 먹자골목 내 객잔건물 5층
031) 914-1957

▪ 일산 화정역점 ▪

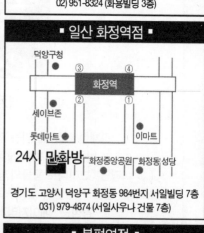

경기도 고양시 덕양구 화정동 984번지 서일빌딩 7층
031) 979-4874 (서일사우나 건물 7층)

▪ 부천 역곡역점 ▪

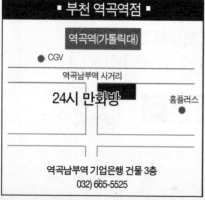

역곡남부역 기업은행 건물 3층
032) 665-5525

▪ 부평역점 ▪

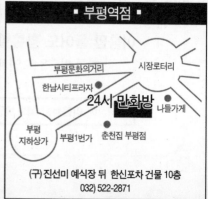

(구) 진선미 예식장 뒤 한신포차 건물 10층
032) 522-2871